The Little Snake

小　金蛇

A.L.
Kennedy
A. L. 肯尼迪
著

陳圓君
譯

書系緣起

早在二千多年前，中國的道家大師莊子已看穿知識的奧祕。莊子在《齊物論》中道出態度的大道理：莫若以明。

莫若以明是對知識的態度，而小小的態度往往成就天淵之別的結果。

「樞始得其環中，以應無窮。是亦一無窮，非亦一無窮也。故曰：莫若以明。」

是誰或是什麼誤導我們中國人的教育傳統成為閉塞一族。答案已不重要，現在，大家只需著眼未來。

共勉之。

1

本書要說的，是關於一個了不起的聰明小女孩的經歷，但又不僅如此。
這位小女孩名叫瑪麗。
一切都要從某天下午，瑪麗在她的花園散步開始說起……

瑪麗比其他同齡的女孩來得高一些，有一頭棕色的鬈髮。她的身形瘦弱，因為她常常都吃不飽。她最喜歡蜂蜜、吹口哨、藍色，還有發現新事物。

瑪麗住在一個充滿各類人口的城市。許多不同類型的人們，使這個地方變得多采多姿，充滿有趣的歌曲和故事，人們豐衣足食，談天說地。

然而，這個城市的掌管者卻不怎麼喜歡這些人，因此，這些各式各樣的人，有些本該逐水而居，家裡卻往往是乾燥的，而該乾燥的地方，卻總是濕漉漉的。還有一些寒冷而黑暗的地方，只供給若有似無的微弱電力。

為了恣意欣賞無拘無束的天空，住在這些房子裡的人會爬上屋頂放風箏。這些風箏有些看來像是天堂鳥，有些形狀像魚，還有一些像是美麗的蛇。

其他的房舍——像是這個城市掌管者所擁有的那些房子——都很豪華。高聳入天的塔，比那些風箏飛得還要高。公寓裡有美麗的水池，可以拿來游泳或養魚，有些水池還大到可以養鱷魚或藍鬣蜥之類的大型爬行動物。

他們的食物儲藏室像一座客廳那麼大，客廳則像草地那麼大，可能地下室還有草地，規模大到像座小鎮，裡頭還有鑲著寶石的雲霄飛車，以及蛋糕做成的高爾夫球場。

瑪麗很清楚這一切。她無所不知無所不曉，非常聰明。她站在屋頂上的花園裡，這座花園只比一塊大桌布略大一些而已。往這頭看，她可以看到許多悲傷的小房子，裡頭擠滿了人。往另一邊看，她可以看到閃閃發光的高聳建築物，裡面充滿大片的草地，豢養著鱷魚。

她住的那棟樓只有一點點擠。大樓的管道只會在星期一、星期三和週末時漏水。遇到漏水時，她的母親會在下方放個金屬盆子接水，當水滴下來時，盆子就會發出像鈴鐺一樣的聲響——更貼切地說，比較像是浸濕的小鈴鐺。

瑪麗的公寓正好住得下母親、父親和她自己。家裡也只有這些人了。有時候她會希望有個弟弟或妹妹能和她一起玩耍，但隨後又想，妹妹可能會忌妒她的聰明，又或是對跳芭蕾舞感興趣，那樣家裡就會變得很吵；如果她對木雕感興趣，這樣家裡又會變得很凌亂。

瑪麗睡在一個本該是儲物櫃的臥室，如果她必須和妹妹一起睡的話，這樣好像會太擠。也許她的新妹妹會打呼，又或是有雙又長又尖的腳。

如果是弟弟，他可能最後會長大，不再躺在嬰兒床裡扭動著手指頭，想要四處亂跑。他們的花園太小了，不能到處亂跑。

掌管城市的人和不太喜歡人們的人，並沒有建造許多公園供孩子玩耍，或者讓大人們可以坐下來吃冰淇淋，天南地北地閒聊起他們的孩子有多麼的棒（或多糟糕，視情況而定）。

瑪麗認為，掌管這座城市的人，可能對公園沒什麼興趣。因為他們可以享有私人瀑布，也許可以和自己的鱷魚一起游泳，在她看得到的茂密的屋頂森林裡建造樹屋和鞦韆，如果她從花園裡往閃亮的高塔仔細看的話。

來參觀這座城市的人，會用大人在孩子們面前說話的方式談論它，說出他們腦子裡的想法，以為像瑪麗一樣小的人類不會理解他們，也不會注意他們。他們會說：「這座城市很有趣，但這裡沒有鮮花可聞，這讓我們感到很沮喪。」或者他們會說：「這裡的東西都很貴，所以我們買不起門票。我們可以聽人唱歌和跳舞。而且我們對於大份三明治的價格感到驚訝。」不然就是說：「這座城市似乎比較喜歡鳥兒，而不是人類。這裡到處都是供鳥兒停駐的邊緣、壁架、凹角和鉤子，還充滿了食物殘渣，剛剛好適合鳥嘴的大小。這裡是人類建造的，但它更歡迎鳥兒。」城市都是這樣的。它們需要人來建造，但它們更喜歡鳥兒。這讓它們成為悲傷的地方。

瑪麗認為外地人應該和她的父母一起共進晚餐，聞一聞湯的香味，或是去她的小花園裡聞一聞玫瑰花的香味。

也許他們可以和麵包店的女士聊聊，她一邊吹著口哨、哼著曲子，一邊餵鳥兒吃麵包屑，一邊賣麵包給人們，因為她既喜歡鳥兒也喜歡人。

或許他們可以欣賞風箏優美的舞蹈，也可以聽聽這位星期天幾乎整天都在唱歌的先生的歌聲。這位先生住在瑪麗的對街，夏天穿的是背心，而不是襯衫。

任何善於觀察的外來者都會發現，他們身處在一個充滿美好事物，幸福洋溢的友善城市。

瑪麗喜歡這座城市和她的花園。她可以用剛好六大步走過花園，用十大步從花園的頂端走到底部。某些午後，她會小步小步地走，讓花園看起來像是變大了一倍，而且更加美麗。大人們對她這樣的說法感到困惑。

他們會告訴她：「不管妳走多小步，花園都一樣大。」

她會告訴他們：「才不是那樣咧。當我花越長的時間走過花園，它就變得更大、更漂亮，就像你用小勺子慢慢吃冰淇淋，冰淇淋就會更美味，這是一樣的道理。」

正如先前所說，這個女孩非常聰明。

大人們說：「那妳的冰淇淋早就融化了。」

瑪麗接著會搖搖頭，開始蹦蹦跳跳，自顧自地哼著曲子。因為大人們希望孩子做這樣的事情，這比他們回答不了的問題更讓他們高興。

她沒說出口，如果她在花園裡一動也不動地站著，那花園就會變得無限大，因為她永遠走不到盡頭。但那麼說可是會讓大人們皺起眉頭的。

事實上，大人們和小女孩完全相反。

然而，正如我一開始所說的，如果你還記得的話，這個叫瑪麗的小女孩有一天在她的花園裡散步。她相信這裡是屬於她的，因為她愛它。她認為愛一個東西，就該把它當成你的一部分，就像你的腳和你不可分割一樣（當然，如果你不愛你的腳的話，那就太愚蠢了——如果你有腳的話——因為它們非常有用）。

在這個特別的下午，一個寒冷的星期天，女孩踏著特別小的步伐，使得她的花園延伸數英里，幾乎到了其他國家。這讓四個玫瑰花叢變成了四棵巨大的玫瑰樹，三個花圃變成了廣闊的草原，小小的池塘變成了遼闊的內海。

令人傷心的是，這裡依然沒有鱷魚。

小女孩把手放在口袋裡取暖，因為她寧願這樣也不要戴手套。但絕對不是因為像她母親稍早說的那樣，以為她把手套弄丟了。

女孩看著自己的呼氣變成升騰的蒸氣，好像她的身體以某種方式在燃燒秋天的枯葉，或是清洗大量的床單，產生像洗衣服時的蒸氣。她全神貫注在自己所做的事情，所以花了一點時間才注意到自己的一隻腳踝有點怪怪的。

當她低頭看向左邊時，看見一只金色的鐲子緊貼在她那縫補整齊的羊毛襪上。鐲子上有兩顆寶石閃閃發光，而且鐲子本身也不時在閃爍，像是在舞動著。

這是只「英俊」的鐲子。她知道這一點，是因為鐲子自己告訴她的，因為她很懂事。小女孩還沒有養成只跟人類說話的愚蠢習慣，她會很高興地跟那些看起來需要對話或陪伴的物品和動物說話。

她對鐲子說：「天啊，你從哪裡來的？」接著又說了一聲：「你好。」

鐲子回答：「你好，我，非常英俊。」

女孩說：「喔，你好，英俊先生。」

鐲子在她的腳踝邊起伏閃爍，兩顆寶石像黑玉或深色的紅寶石一樣閃耀。

「不，不是的。我並不是叫作非常英俊——這只是我的許多特質之一。我英俊、聰明又敏捷。我的嗓音也很優美。而且我動作很快。」

瑪麗覺得鐲子還滿自負的，於是她打斷它說話（雖然它的嗓音的確很優美）。

「那你叫什麼名字？而且我看你動作也沒那麼快啊。」

「喔，是嗎……？」接著鐲子馬上就消失了。

它移動得如此之快，瑪麗仍然在聆聽它悅耳的嗓音，聽它留下的輕輕笑聲，而它的身子已經跑到遠方。

瑪麗不得不四處尋找，才看到鐲子掛在玫瑰花叢的一根枝條上。

「也許你不該那樣做。玫瑰可能不喜歡。」

「喔，玫瑰不會介意的。」鐲子露齒一笑並輕輕地擺動。

「瑪麗，我是妳遇過動作最迅速的東西。」鐲子一邊說，又再度出現在她的腳踝上，甚至連氣都沒喘一下。

「很厲害。」瑪麗不得不承認。

「我知道。」

「不過，你到底叫什麼名字啊？」

「也許我等一下會告訴妳。妳應該保持警覺，不要大咧咧地把自己的名字告訴別人。」

「好吧，如果你不告訴我你的名字，那你告訴我，你是哪種手鐲？」

瑪麗非常小心地坐在一個玫瑰花叢下，仔細地看著她健談的新朋友。

「我不是手鐲。」鐲子很快地鬆開——但沒有快到讓瑪麗看不見——牠金黃色的身軀不斷改變，在瑪麗的手腕上繞了好幾圈，彷彿就像是條手鐲一樣。

「啊，我知道了。」瑪麗說。

鐲子又是滑動又是扭動，讓瑪麗發癢。瑪麗捧起鐲子，讓它整齊地捲在她的手掌裡，而她以為是寶石的兩個色斑，居然從一個纖細鍍金的頭上望著她。

紅色的寶石像靈巧的小眼睛一樣眨呀眨。因為，那的確就是雙靈巧的眼睛。

「沒錯，我是一條蛇。」

牠像個沒嘴唇的人那樣，盡可能地擠出笑容，吐出優雅的鮮紅色舌頭。牠的舌頭末端開叉，舔了舔周圍的空氣。

「我嚐得出妳甜甜的，有肥皂的味道，還有……妳是個乖女孩。」

瑪麗伸出自己的舌頭，卻嚐不出這條蛇的味道。

「我沒有任何味道。妳不害怕嗎？人們通常都很怕蛇。他們一看到我，就會跑來跑去，揮舞著雙手尖叫。」
「你希望我那樣做嗎？」
蛇咕噥說：「不會特別希望，但妳不是應該很害怕嗎？」
「為什麼？你很可怕嗎？」
蛇擺動舌頭，再度嚐了一口空氣。
「嗯，我可以很嚇人……蛇是非常危險的。在我們蛇類中，有些可以用發達的肌肉將大型動物壓碎，然後慢慢吞下整隻鱷魚、獨木舟，甚至是載著人的獨木舟。」
「但你只有這麼小。」
「我可以變更大。」
瑪麗覺得牠可能在吹牛，但她不想傷害這條小蛇的感情。
小蛇伸展牠的小脊椎，抬起牠的小腦袋，以便直接看著她。牠像在聽音樂一樣來回擺動著脖子，用深紅色的眼睛和怪異的細長瞳孔盯著她的藍眼睛，牠的瞳孔比烏鴉還黑，如果你集中注意力仔細看，會覺得牠的眼神深不可測。

「有些蛇咬你一口的毒液足以殺死二十個大人，甚至五十個、一百個都有可能。」

瑪麗說：「我不是大人，我是個小女孩。」

小蛇眨了眨眼。

「妳還真難相處。蛇毒死妳的速度比毒死大人更快，因為毒液需要流的距離更短。」

瑪麗點點頭：「我知道。但我認為，即使是一條巨大兇猛的蛇，也不可能殺死一百個人。」

「一定至少有二十個。」小蛇聽起來有點生氣。

「但我已經認得所有種類的毒蛇，熟悉牠們的紋路和習性，以免我長大後會去遙遠的地方冒險。像你這種蛇，我在任何一本關於蛇的書中都沒看過。我可是讀過很多書的唷！」
這是真的。瑪麗讀過很多關於蛇的書。她從圖書館借來，還做了筆記。
小蛇吹噓道：「有些蛇有羽毛，喝著戰士的血，有些蛇住在埃及的冥府。還有一些在飛行時會遮住陽光，尾巴像雷電一樣裂開。」
瑪麗嚴厲地說：「這聽起來像是蛇的傳說，根本不是真正的蛇。還有最後一點比較像是在說龍而不是蛇。龍被記錄在一本不存在的事物的書中。」
蛇嘆了一口氣，低下身去，躺在她手裡，突然柔軟地像根絲繩。
「喔，好吧……也許是因為我餓了，所以看起來不像平常那樣厲害。還是妳剛好有一隻老鼠可以給我吃？」蛇的頭從她的手掌垂下來，好像餓得快昏過去似的，但牠的眼睛仔細地看著她，閃閃發光。
「如果我有一隻老鼠，那會是我的寵物鼠，我不會把牠拿給任何人吃。」
「但我想妳應該會吃炸魚、烤羊排、燉牛肉和鵝腿……」牠再度懶洋洋地躺著，彷彿快要餓扁似地喘息著。

瑪麗解釋說：「嗯，是的，但我從沒見過小羊、母牛和鵝。吃下我見過的對象是不禮貌的。大多數的時候，我們吃的是蔬菜、豆子和一些比肉便宜的東西。而且我們離海很遠，所以我們不會吃很多魚。你住在叢林裡嗎？」

「不是。」

「我好想知道叢林到底是什麼樣子。」

「妳有沒有在聽我說話啊。我很餓。」

「明天——也就是星期一——我們學校有縫紉課。教縫紉的柯爾霍夫太太總是說我心不在焉。她不明白我這輩子對縫紉的了解已經夠多了。我不要再幫椅背繡小椅套，也不要裝飾拖鞋，或者縫一個包包來裝我的針線工具。我甚至不會成為一名外科醫生——這意味著一旦我用刀把病人劃開，就必須把他們縫回去。沒有哪個外科醫生會受歡迎，如果他在病人的手術疤痕上繡花。

我要去探索這個世界。也許獅子會咬斷我的腿、我的一隻手臂，又或是其他部位，又或者我需要縫合彎刀造成的傷口。但我已經知道傷口的正確縫合方法，還有截肢過後要怎麼將殘肢處理完善。」

小蛇又坐了起來——如果我們可以形容一條蛇「坐起來」的話——因為牠對瑪麗感到興趣，而且忘了要假裝自己很餓。

小蛇用美妙的嗓音說：「求求妳，小女孩，在探險時請小心。」

聽起來，這條蛇有副好心腸，所以瑪麗告訴小蛇她的名字。

「我叫瑪麗。」

「謝謝妳，瑪麗。瑪麗……」蛇的聲音聽來彷彿想到什麼甜蜜而悲傷的事情。

「嗯，瑪麗，我有時會在叢林裡，我知道當妳在那裡時，必須把彎刀保持得非常鋒利，以便輕鬆、平穩和安全地切割。當妳不使用它時，把它好好地收回鞘套，並且永遠不要惹惱獅子，讓牠們想咬妳。事實上，請避開獅子和所有的大型貓科動物。還有熊。當然還有河馬。」

「我以為你餓得沒力氣了。」

「我很替妳擔心。但妳也充滿了非凡的智慧——妳應該把我告訴妳的事情寫下來，以免忘記。」蛇眨了眨眼。

「但是，沒錯，我也很餓。妳有沒有一點起司還什麼的？我也許可以靠起司活下去。妳會不會剛好身上有一些格呂耶爾起司（Gruyère）？」

瑪麗靠得很近，親吻了小蛇的鼻子（不過當然，蛇沒有鼻子）。

小蛇咕噥說：「妳好熱情。」

牠也像流動的黃金一樣，閃爍著鱗片，開心地纏繞在她的手臂一圈又一圈。接著又溫順地躺回她的手裡。「妳可以叫我卡瑪塔揚（Camatayon），或巴斯（Bas），或蘭莫（Lanmo），或……」

小蛇似乎有很多名字。

「蘭莫。我就叫你蘭莫。」因為瑪麗喜歡這個發音。

「好的，這樣很好。」小蛇點了點頭。「謝謝妳告訴我妳的名字。」

瑪麗意識到自己有點餓了。

「我們進屋內好嗎？我可以烤些麵包，上面放點起司。我知道怎麼烤起司。」

小蛇歪著頭，好像在思考一樣。

「我想我得吃不帶麵包的冷起司。因為我的牙齒，吃烤起司會黏牙。」牠小心翼翼慢慢地張開黝黑的嘴，以便瑪麗能看清楚牠的牙齒——尖尖的牙齒，像骨頭一樣潔白。

「天哪！偶的亞史無喔喔喔。」蘭莫叫道。

「不好意思，請再說一遍好嗎？」瑪麗被教導要有禮貌。

蘭莫閉上嘴巴，像針的牙齒完美地咬合了一下，然後又說：「我的牙齒不會傷害妳。」

「喔。」

「我保證。」

「那你是哪種蛇呢？」

「不會出現在書上的那種。」小蛇把頭緊挨著她的手臂，快速擺動牠的舌頭。

瑪麗還真的幫小蛇找到一些起司，牠吃得津津有味，然後跟瑪麗說了聲謝謝，接著就像一般的蛇那樣快速消失了。

這讓瑪麗在餘下的午後時光裡感到有些孤單，直到那天晚上她在吃自己的晚餐——數不完的燉蔬菜——她注意到餐巾下有兩隻紅色的眼睛在閃爍著。

她大聲說了一聲：「哦！」

她的父母轉過頭來看著她，於是她不得不接著說：「好美味的燉菜。哦，太好吃了！多美味啊！」

她這麼做是因為意識到，如果她說出：「哦，我的餐巾下有一條名叫蘭莫的美麗小蛇。牠又來看我了，也許我跟牠會成為朋友。」她的父母可能會揮舞著手臂大聲尖叫。

蘭莫無聲無息地快速溜進了她的衣服口袋。她能感覺到牠輕輕地移動，好像在咯咯笑。這讓她笑了出來。她不得不把微笑變成看起來像是為了燉菜而笑，而不是為蛇而笑。

之後，當瑪麗一個人在浴室睡前梳洗時，她看了看口袋，但是裡面沒有東西。蘭莫又消失了。

她猜對了，牠這麼做是為了讓她可以私下換睡衣和刷牙。

當她打開臥室的門時，那條蛇就蜷縮在她的枕頭上，分叉的舌頭嚐著空氣，銳利的紅色眼睛盯著她看。

那對眼睛在又小又暗的房間裡閃耀。房間裡一扇窗也沒有，因為這裡其實是個壁櫥。牠企圖讓自己看起來像是家裡養的寵物。

「妳好，瑪麗。我會一直看顧著妳，直到妳睡著。我會讓妳遠離噩夢。」

「但我不會做噩夢啊！」

「妳現在可能會有了，妳的枕頭上可是躺了一條蛇呢。」蘭莫露齒而笑，移動到旁邊，讓瑪麗可以上床舒適地休息。然後蘭莫平躺在她的被子上，這樣牠就可以看著她的眼睛了。

「當我在這裡的時候，妳永遠都會是安全的。因為我是妳的朋友，我會來拜訪妳很多很多次。」

瑪麗在毯子裡說：「很好。」因為她想睡了。

她覺得蘭莫的眼睛讓她想起日落，不知為何，這讓她非常睏倦。蛇看著她，直到牠知道她已安然入夢，然後又對她說：「我會一直、一直來看妳的。」

「然後我會再次拜訪妳。」

牠舔了舔空氣，確定她是開心的。牠嚐到了真實和勇敢，還有牙膏和肥皂的花香，這讓牠打了一個小噴嚏──「噗。」

牠能感覺到，在瑪麗的夢中，她已經划著獨木舟沿著一條蜿蜒在高大叢林樹木之間的大河而下，腳邊還有一隻寵物獅子。牠對於她沒有想像自己和她一起在獨木舟上感到有些嫉妒。

但是話又說回來，蛇並不是什麼寵物。

2

當瑪麗一熟睡，蛇便不知不覺，飛快地穿越整座城市，來到一位叫做麥寧格先生的地下室。

地下室向四面八方延伸了好幾英里。這是城市裡所有百萬富翁的大洞穴中最宏偉、最令人讚嘆的一座，是由兩百名玻利維亞移民礦工花費一年時間挖鑿而成。這裡有一座湖可供游泳，雖然麥寧格先生不會游泳。這裡還有許多冰淇淋機，雖然麥寧格先生不喜歡冰淇淋。

這裡有美麗的雕像和噴泉，雖然麥寧格先生對藝術或水舞並不特別感興趣。這裡有配備電燈的果園，所以種植的蘋果、李子和桃子必須一直生長，永遠不能在黑暗中休息。

它們永遠感覺不到動物、鳥兒或昆蟲的小腳在搔它們，因為沒有麥寧格先生的允許，地下室不允許有任何生物。他只允許兩百名玻利維亞移民礦工、樹木、他的眾多僕人以及有時為了使自己發笑而付錢雇用的雜技和喜劇演員。

但他沒有笑。他覺得那是一種可笑的徒費力氣，幾乎與想讓別人發笑一樣愚蠢。他還認為，對雜技和喜劇演員來說，當他們必須保持平衡又不斷跌倒、表演雜耍，還有告訴他有趣的故事和笑話時，他卻像一個穿著絲綢睡衣，巨大而莊嚴的青蛙盯著他們看，這是一個很好的處罰。他逼他們不斷表演，直到他們哭了出來，如果他們不哭，他就拒絕付錢給他們。

這一切都意味著，當麥寧格先生從一份關於財富增長速度的報告中抬頭，看到我們的朋友小蛇的臉時，他感到既驚訝又惱火。

我想我們可以稱小蛇為「我們的朋友」，因為我們無疑是瑪麗的朋友，所以她的朋友一定是我們的朋友，只要他們和藹友善。

麥寧格先生說：「啊，一條蛇。」（他太胖了，所以連手臂都揮舞不起來，也因為愛面子而無法尖叫出聲）

蛇說：「我知道。」一邊擺動著牠的舌頭，一邊纏繞在麥寧格先生的睡衣袖子上，就像一條有裝飾的金色辮子——只是這條辮子有牙齒。

麥寧格先生說：「啊，你是一條會說話的蛇。」

蛇眨了眨眼說：「我也知道。」牠把頭歪向一邊，好像在認真地研究麥寧格先生。「現在，也許你可以告訴我一些我不知道的事情。」

麥寧格先生習慣被畢恭畢敬的僕人，以及悲傷而沒有生命力的樹木包圍。當他在大洞穴外遇到別人時，人們會很尊敬並且送禮物給他，因為當你已經擁有太多時，你往後只會沒完沒了地得到更多。

如果不向他鞠躬、寵愛並呵護他，他通常會變得面紅耳赤，大吼大叫，或是臉色發白，咆哮著要立即解雇所有人。

他可是真的會把人開除的。即使對象是總理、電影明星或國王也是如此。麥寧格先生有時在浴室裡練習咆哮，他會對著鏡子看自己，以確保自己令人不寒而慄的凝視完美無瑕。

一個未經許可出現在大洞穴裡的動物，通常會讓他大吼、怒目瞪視，並伴隨著各種咒罵。但麥寧格先生卻一語不發，在他看來，這條小蛇的皮膚變得濕黏而緊繃。

「嗯？」小蛇禮貌地等待著。

儘管小蛇的聲音溫和柔順，並且非常沉穩又有禮貌，麥寧格先生還是非常害怕那光滑的金色身軀，以及那精緻的金色腦袋。

小蛇說：「我遠道而來，就為了見你。」牠的舌頭測試了一下空氣，嚐到了麥寧格先生狹隘而黑暗的想法、膚淺悲觀的心，還有他工於心計的頭腦。牠也能感受到如濃霧般厚重的恐懼。

「你至少可以告訴我你的名字。」

而麥寧格先生忍不住說出：「卡爾．奧圖．麥寧格。」如果你在那裡聽他講話，就會注意到他說話的口氣好像在回答老師或填寫表格一樣。

緊接著他脫口而出：「我是世界上第三富有的人。」他提到這一點，是因為以前這件事總是令人印象深刻，雖然他已經知道蛇不是人，這麼說並不會讓牠印象深刻。

「不。」蛇用牠最甜美的嗓音輕聲地說：「你只是世界上第四富有的人。十分鐘前，連比特．夸塔克的銅礦讓他成為第三富有的人。」蛇在卡爾的袖子上爬得更高了（因為他已經告訴我們他的名字，所以我們可以稱麥寧格先生為卡爾）。

蘭莫的身體靠在卡爾的左肩上，牠低聲說：「不管怎樣，這一點也不重要。從來都不重要。」

當蛇輕柔的呼氣碰到卡爾的脖子時，他吞了吞口水。

「拜託你。」卡爾已經很多、很多年沒有說過「拜託」了。他覺得沒有人值得他說這句話。

「拜託什麼？」小蛇問。

這個問題使卡爾全身上下的皮膚顫抖。

「你想要什麼呢？卡爾．奧圖．麥寧格，世界上第四富有的人。」

「請不要這樣。」

「嗯。」蛇從卡爾的脖子後方滑過去，停在另一個肩膀上。他朝著卡爾的右耳吐氣。

「我想我可以嚐到，人們對你講過那句話多少次，而你又忽略了他們多少次。」

「我不是故意的。」

蛇喃喃道：「你當然是。你可以對我吐實。你不妨對我說實話吧。你每次都不理他們，不是嗎？」

卡爾發出一種嘎吱嘎吱聲，他回想起當他強迫別人在他們孩子生日當天通宵工作，或者在聖誕節前一天解雇他們，又或是決定拆毀他們的家，以證明他的權力，他們就是發出這種聲音。

「我把我所有的東西都給你。」其他人也如此對他說過。

小蛇用頭磨蹭卡爾的耳朵，他聽見鱗片的沙沙聲。

「我不能拿走你所有的東西……」蛇停頓了一下，「……我只會拿走你的靈魂。」

然後蛇張開牠美麗的嘴，細小的針狀牙齒像白骨一般閃閃發亮。

3

今早，瑪麗很早就醒來了，她感覺自己前所未有地精力充沛和舒暢。當她側身翻滾時，看見蘭莫蜷縮在枕頭上。牠可能睡著了，也可能沒睡著，但可以肯定的是，牠的眼睛是閉著的，並且發出小小的嘶嘶聲，可能是蛇的打呼聲。

瑪麗對牠微笑，親了親牠那光滑而溫暖的頭頂，在緊閉的房門周圍，秋天的晨曦緩緩掠過，而牠微微地閃耀著。

「早安，蘭莫。」

事實上，小蛇完全醒著，牠睜開紅寶石般的眼睛，舔了舔瑪麗的鼻子，讓她笑了出來。

「早安，瑪麗。妳有沒有睡得比以前更好、更香甜了呢？」牠沿著毯子滑呀滑又扭動著，把自己打成一個結，然後又解開再完全伸直，接著把身體捲成一條優美的曲線，最後抬起頭來。

牠解釋說：「蛇就是這樣醒來的。如果妳看到另一條蛇這樣做，請不要打斷牠。事實上，不要和除了我以外的任何蛇打交道。誰也不知道會發生什麼事。」

瑪麗開玩笑地問：「如果我看到一條非常可愛的蛇呢？」

蘭莫堅定地說：「沒有比我更可愛的蛇了，我早餐可以再來點起司嗎？我好累。」

「你睡不好嗎？」

「不太好。」

4

瑪麗從食物儲藏室偷拿一小塊起司給小蛇。牠坐在瑪麗的書包上，瑪麗一邊走在寒冷的空氣中一邊餵牠，小蛇就從她的肩膀上偷看，一路走到學校。

「蛇不上學。世界上所有重要的事情都寫在我們的蛋殼裡。當我們讀完並記住所有的東西時，我們就孵化破殼而出。」

瑪麗在操場上散步時說：「真的嗎？」她比較沒像平時那樣感到孤獨了。

「也許吧。」

牠看上去就像一條蛇，迅速地舔了舔空氣，因為空氣中有太多有趣的事情。有幾位老師直盯著蘭莫，因為從來沒有過一條金蛇平靜地躺在小女孩的書包上，他們認為自己看到的是某種奇怪的提把，或是他們的眼鏡沒擦乾淨，又或者他們弄錯了。沒有一個孩子發現小蛇，因為他們忙著和彼此說話，和往常一樣，沒有時間理會瑪麗。

當瑪麗坐在教室裡學習金錢的顏色、不同的長度和平均身高、體重時，小蛇在教室間快速地滑行和探索。

小蛇覺得學校很奇怪。在一間教室裡，老師對全班同學說：「你會在黑板上看到現今國家考試的所有答案。你會在這堂課中把答案抄在國家考試答案卷上。如果你寫對了，那你就夠聰明，可以參加下禮拜的國家考試。」

一個坐在教室後方的紅髮小男孩舉起手問：「但我們不是應該學點其他東西嗎？例如：為什麼風會吹，哪邊是上面，怎麼綁鞋帶，還有什麼是愛？」

老師說：「不。我們應該要證明自己很聰明，這樣國家考試審核員就可以評定我們，當我們被評定後，我們就可以進入下一階段的評定。」

這位紅髮小男孩的名字是保羅。他接著問：「為什麼有一條金蛇躺在你的桌子前面，假裝是一把尺？」

沒錯，我們的朋友蘭莫躺在老師的桌子上一動也不動，這樣牠就可以聽到並了解，人類是如何在沒有教育蛋的幫助下，教導他們的年輕人。

老師看了她的桌子，當然看不見那條神奇的蛇，因為神奇的蛇是不允許在桌子上的，也不是國家考試的一部分，因此她是看不見的。然而，她感到困惑並且安靜了一會兒，胃裡突然冒出一股寒意。

當老師感到不安時，小蛇抬起牠細長而完美的頭，直視著保羅。

保羅凝視著那兩隻小眼睛，它們紅得像落日，深得像裂縫一般。

這個男孩感覺自己的心臟在胸腔裡怦怦跳，因為他是個非常敏銳的男孩，所以他明白發生了一件了不起的事情，具有教育意義，他必須記住。

小蛇伸出牠的舌頭，嚐到老師的困惑、教室的空虛和孩子們的夢想。他也嚐到了保羅聰明、不斷成長和令人不解的大腦在運轉，以及他胸前那顆明亮、純淨和怦怦跳的心臟。

小蛇向保羅眨了眨眼。保羅咯咯笑了起來。

當保羅咯咯笑的時候，小蛇消失了，就像保羅猜想一條神奇的蛇可能會做的那樣。這讓保羅傻笑地更厲害了。

老師大聲喊道：「你為什麼在咯咯笑呢，傻孩子？」每當她感到不確定或愚蠢時，她都會大喊大叫讓自己看起來比較鎮定。所有的孩子都明白這一點；這是他們教育的一部分。

保羅說：「我沒有。」

他沒有說謊，因為他現在已經不再傻笑了。他非常肯定地說了這句話，因為突然間，他對所有事情都很肯定，並且還長高了一點。不知何故，他的肯定讓老師想起，她必須確保全班按照原本的要求，抄寫國家考試的標準答案，於是她不再理會他，又大聲喊叫起來。
她一分心，保羅就咧嘴大笑到不能自已。

5

午休時間一到，所有孩子都到操場上玩各式各樣的遊戲。在籬笆旁邊，保羅在足球比賽中進了一球，連他自己都大吃一驚。在教務處的外面，兩位有著迷人金色捲髮的小女孩，正在和她們迷人的朋友一起玩跳繩。

蘭莫坐在瑪麗的肩膀上，蜷縮成一個小胸針的樣子，只露出一隻紅寶石般的眼睛。牠想要學習玩耍的知識，還想知道孩子們遠離老師，在野外玩耍時是什麼樣子。

「瑪麗，妳的學校是個很奇怪的地方。」

瑪麗小聲對牠說：「我覺得這是一間很正常的學校，真的。」

蘭莫想了一會兒。

「這解釋了很多事情。」

瑪麗心情很好，因為她現在有朋友了，雖然她通常不會嘗試這樣的事情，但她走向教務處，問那些萬人迷中個頭最高的女孩：「我可以和妳們玩跳繩嗎？」她是個有禮貌的女孩。

那位迷人的女孩說：「哼。」

我們不用費心問出她的名字。她並不友善。

瑪麗不知道「哼」代表什麼意思，於是她又問：「我可以嗎？」然後靜靜地等待。

「不，妳當然不能。妳很奇怪，而且妳身上有蔬菜的味道，妳的衣服又無敵舊，我們還看到妳像個瘋巫婆一樣對著自己的肩膀喃喃自語。」

此時，其他那些漂亮女孩就開始圍著瑪麗又跳又唱：「瘋巫婆！瘋巫婆！瑪麗，瑪麗，瘋巫婆！瘋巫婆！瘋巫婆！瑪麗，瑪麗，瘋巫婆！」

當然，這種事情總是讓瑪麗感覺糟透了，要不是她努力忍住，她早就哭出來了。今天她和蘭莫在一起，所以她只是一動也不動地站著，雙臂交叉，看著她那雙有點過小又磨破的舊鞋。她本來就夠傷心的了，這雙鞋又讓她更難過了。

但在她的肩膀上，蘭莫怒氣沖沖地豎起鱗片。聽起來像有人在很遠很遠的地方，把劍拖過石頭的碰撞聲。牠非常憤怒，甚至開始發出嘎嘎聲，但牠根本不是那種蛇。牠抬起頭，用牠最有說服力的嗓音大聲而清晰地說：「醜女孩們，妳們應該繼續跳繩，這是妳們現在想做的。」

雖然漂亮女孩們不確定到底是誰在講話，但她們不再圍著瑪麗又唱又跳，並且真的排成一排等著跳繩，而一對女孩抓著粗繩的兩端。

當然，她們並沒有抓住什麼粗繩，因為小蛇早已從瑪麗的肩膀上衝下來，變成非常長而柔韌的形狀，牠也確保自己長得比真的繩子更像繩子。因為有時候，比起無聊的事實，人們更容易相信華麗的謊言，所以女孩們拿起牠，將牠來回地擺動，一圈又一圈地從牠身上躍過。

牠覺得這令人相當愉快。在瑪麗的注視下，牠在冬日陽光下閃閃發光，同時伸出舌頭收集關於這些漂亮女孩的資訊，牠嚐到，她們的內心是多麼地卑鄙又渺小。

這讓瑪麗拍著手大笑起來。

跳蛇是個奇怪的遊戲，並且有特殊的規則。遊戲會發生奇怪的事情。女孩們發現她們不由自主地跳得越來越快、越來越快。她們小巧又勻稱的雙腳用一種從未有過的方式踢著，那對以為自己拿著繩子的漂亮女孩，她們的手臂大幅度地擺動，一下子抬得老高，一下子低到極低，速度快到已經看不清楚了。當漂亮女孩們的手臂、腿和身體不斷地跳躍、擺動，並且像風車一樣旋轉時，蛇閃閃發光又咯咯笑著，她們變得又熱、又累，擔心起來。

這些女孩們開始害怕了。

瑪麗看到她們非常迷人的臉龐變了，雖然她有點幸災樂禍，但同時也有點為她們感到難過。

「蘭莫，也許你該停下來了。」

但是小蛇玩得太開心了。而且牠還是很生氣。

慢慢地，操場上的每個人都停下他們正在做的事情，驚訝地盯著女孩和急速擺動的蛇形成那巨大、奇怪、閃閃發光又看不清楚的形狀。甚至因為再踢進了一球——總共進了三球，而把罩衫套到頭頂的保羅也停下了腳步。

瑪麗非常輕聲地說：「拜託你，蘭莫。」

因為瑪麗真心誠意地拜託牠，而且又是牠的朋友，因此蘭莫突然停了下來。牠再度變形，從女孩們痠痛又疲憊的手中溜走。此時大部分的女孩都跌倒了，不然就是搖搖晃晃，像頭暈一樣地走著，其中一人還差點沒吐出來。而且老實說，她們看起來甚至沒有一絲迷人。她們完美的臉龐通紅，又滿頭大汗，早上精心梳理的頭髮打結又纏繞成一團，瘦長的四肢抽搐著。沒有一個女孩說出來，但當她們面面相覷時，其實都知道自己很狼狽。

與此同時，蘭莫還沒結束。牠又把自己變成金色的眼鏡蛇。如你所知，眼鏡蛇有一個可以擴張到頭和頸部兩側的寬大兜帽。牠們也喜歡讓人眼睛一亮地豎起前半部身體，也許還會發出嘶嘶聲，還有一些甚至會在生氣時噴出毒液。

蘭莫當時還是非常惱火，所以牠決定變成一條和成年人一樣高大的眼鏡蛇。

有那麼一會兒，這意味著操場上的每個人都不可避免地清楚看見牠的身影。就連從辦公室窗戶向外看了一眼的校長，也無法不去注意到，操場上骯髒的柏油地面豎立起一條閃閃發光巨大的金色眼鏡蛇。一看到那個景象就讓他想立刻躺下，直到一切恢復正常，所以他躲去桌子下面。躲好之後閉上眼睛，很努力地假裝什麼事也沒發生。

操場上，蘭莫心滿意足地無視於那些跑來跑去、揮舞著手臂尖叫的孩子們。牠凝視著那位對瑪麗十分無禮的美麗女孩的眼睛。女孩因此無法動彈，只能回望著牠。

然後蘭莫輕輕地，輕輕地張開牠的嘴巴，讓全世界都看到牠那潔白如骨的針狀牙齒。

瑪麗說：「不，拜託你，蘭莫。」她伸出手，想阻止小蛇做出什麼壞事。

蘭莫怒不可遏，以至於牠往前衝時沒能及時注意到瑪麗，所以牠最小的牙齒就剛好擦過瑪麗的右手邊緣。

於是瑪麗倒下了。

6

瑪麗在家裡的小床上醒來。她覺得很累，但同時也感到飢餓和亢奮。天色很黑，她在操場昏倒後一定過了好幾個小時。當她環顧四周時，在左手邊看見蘭莫眼睛的光芒。牠不再是一條巨大而可怕的眼鏡蛇。牠好像比平時更小了一點，看起來瘦了一些。

牠輕輕地朝她扭動而去，用溫暖的額頭摩擦她的耳朵，然後用牠最和善、最親切的嗓音說：「我真的很抱歉。我當時太生氣了。」

「發生了什麼事？我昏倒了嗎？」

「這是大人們的思考方式。他們告訴每個人：眼鏡蛇從沒來過這個國家，也從來沒有金色的、站起來跟成年人一樣高的眼鏡蛇。他們認為，今天沒有特別的事情發生，也不可能發生。每個人一定都睡著了，還做了同一場夢。現在，學校將對學生們進行站立、摔倒和睡覺的新測試。還會有帶回家填寫的夢境檢查表，以便記錄和監控所有可能導致危險的夢境。而校長也退休了，開始養起蜜蜂。」

瑪麗點點頭：「是的，我想這一切都會發生。這些都像他們會做的事情。」

孩子們善於理解大人，但大人很少能理解孩子，這點很奇怪，因為他們也曾經是孩子，應該記得當孩子的感覺。

蘭莫小聲說：「妳的父母親很擔心妳。他們向學校工友借了單輪車載妳回來，讓妳躺在床上休息。他們離開妳的身邊，因為我把妳現在好多了的想法灌輸在他們的腦海裡，他們可以離開妳去睡覺了。」

「我好多了嗎？」

小蛇再度摩擦她的耳朵。

「我的螫咬是很嚴重的。我很抱歉。即使妳的手輕擦過我最小的一顆牙齒，也足以奪走妳可愛的二十一根頭髮的顏色。當妳明天照鏡子時，妳會看見妳的額頭有一綹白髮。」牠停頓了一下，「等妳長大後，這會成為一個富有戲劇性的有趣故事。」

牠再度停頓下來，「我真的非常抱歉。妳的白髮，代表了我從妳身上奪走了妳生命中的一小部分。」

但是瑪麗很年輕，充滿活力，所以她不擔心。

「不過，我現在好點了嗎？」

「妳和其他人類一樣好。」

「你會留在我身邊嗎？我喜歡你。不過也許你不該再和我一起去上學了。免得別人對我不友善的時候，你又要生氣了。」

蛇就像平常那樣自誇地說：「我想妳會發現，學校沒有人會對妳不好，以後再也不會了。從現在起，他們會對妳非常客氣。」

接著牠才更加鬱悶地低聲說：「我會待到天亮，但之後我會離開一段時間。」

這讓瑪麗擔心起來，勝過擔心那二十一根白髮。

「為什麼？」

「我要離開是因為我感到內疚，而以前我從未感到內疚。我傷害了妳。我得花點時間想明白。」

瑪麗問：「那麼，你要想多久呢？你要去哪裡想一想？那裡好嗎？你在那裡會有起司嗎？」因為蛇是她的朋友。

「我會很安全的。我從來不會陷於危險之中。」小蛇說這些話時顯得有些悲傷。

「你不是故意傷害我的。而且我不介意。」瑪麗想像著自己的一綹白髮，想像自己是一位非凡的女人，穿著探險裝和冒險靴，在她剛剛登上的山頂，戲劇性的頭髮隨風飄揚著，那將是一件多麼令人興奮的事情。

蘭莫嘆了口氣，用牠靈巧的舌頭嚐嚐她的想法。

「是的，成為一位頭上有一綹白髮的探險家是令人興奮的。如果妳願意的話，妳可以說妳是因為遇到一條非凡又美麗的蛇而改變了。」

瑪麗回說：「哦，不，我會說這是鯊魚咬傷造成的。」

「隨便妳吧。雖然我最要好的熟人中有些是鯊魚。不過，現在先去睡吧，妳應該休息一下。」

瑪麗開始說：「但我不想——」因為她寧願和蘭莫聊一整晚，勸牠不要走。但牠用眼神說服了她，讓她乖乖去睡覺。牠非常會迷惑人。

天亮了，瑪麗醒來時，蘭莫依偎在她的下巴，全身暖得像一條小圍巾。她感覺到牠在扭動，好像在假裝高興的樣子，但不太成功。

牠溜到她的枕頭上並且看著她。

「如果妳願意，妳可以吻我的鼻子。」

瑪麗照做了，輕輕地皺了皺眉，因為這似乎是道別。

「妳現在必須照顧好自己一段時間。試著忽視妳的老師而不冒犯到他們。不要和其他蛇說話。避開獅子還有鯊魚。妳會發現女孩們現在會喜歡妳，儘管妳會發現和她們說話很無聊也不愉快，她們的蛋裡面一定什麼也沒有寫。妳可能會喜歡和那個叫保羅的紅髮男孩聊天。當妳吃起司的時候，妳可以想著我……當太陽下山的時候，我會祝妳有個美夢，而妳會真的夢到。這樣妳就知道我在想妳，妳是我的朋友，而我也是妳的朋友。」

「好吧，你什麼時候回來？」

「當我學會不生氣的時候。」

「你還是感到內疚嗎？」

「是的。」

「我已經原諒你，也希望你留下來，為什麼你還要內疚呢？」

「我不知道，但我想這就是內疚運作的方式。我會盡快回來的。」

小蛇全身的鱗片閃閃發光，以便別人記得牠特別美麗的樣子。牠對著她的耳朵擺動舌頭並且嘆了口氣。

小蛇走了。

7

被瑪麗取名為蘭莫的那條小蛇已經離開了一個月，之後又過了一個月，比瑪麗設想的時間還要長。

她把那些日子記在筆記本上，以便牠真的出現時可以對牠發頓脾氣。接著她又記下那些日子，為的是告訴牠，她有多麼想念牠，然後意識到牠已經不在她身邊了。

與此同時，她去上學時，發現別的學生真的很刻意地盡量對她友善。這些人大部分都很無趣。

儘管她並不是一直都跟他們很對盤，但她也就安靜地學習。有時她會和名叫保羅的男孩一起散步，他們會蒐集瓶蓋或繩子，或是討論星星的新名字，談論月亮可能在想什麼，當月亮縮成一條曲線或膨脹成一隻銀黃色的眼睛時，它是不是在擔心些什麼。

無論她做什麼，她都不會忘記小蛇，當她把頭靠在枕頭上時，她希望蘭莫一切順利，然後享受牠送給她的美夢。

當然，她從來沒有在夢境評估表上提到那些夢。她只是編造了一些關於騎小馬和做餡餅的事情。

8

離開瑪麗後，名叫蘭莫的小蛇遊遍了世界上許多的地方。

牠乘坐小船，扭動鑽進充滿黃金、煤炭和各種人類視為珍貴物質的其他礦井；牠從正在建造的新建築物頂部眺望沙漠中的城市，從被摧毀的建築物廢墟中望著瓦礫和塵土；牠端正地坐在昂貴的餐廳裡，又躺在醫院的枕頭下。在以帳篷建立的大城鎮裡小心翼翼地到處遊走，沿著小木屋滑行，溜進淺水井、杯子以及折疊的毯子之間。

牠在繁忙和安靜的十字路口旁的街角看著，懶洋洋地穿過汽車的儀表板。牠非常忙碌。

蘭莫總是很忙。牠不記得曾經閒著的時候，儘管牠的確無所事事過。如果牠仔細想，可以想起那時樹木很多，人類很少。

蘭莫喜歡樹。它們很適合攀爬。有時牠會傳給瑪麗特別的夢，在夢裡，他們一起穿過古老的森林，爬到最高的樹枝上，他們可以一同在上面看日出，好不快樂。牠覺得很開心。這比單純爬上去再爬下來好多了。

小蛇知道，如果不是人類幫助牠，牠會更加忙碌。

當整個世界夜幕低垂，蘭莫有時能好好休息，將自己捲成一圈，並且在微風中擺動牠靈巧的舌頭，這樣牠就能嚐到每個黑暗土地上的人們代替牠忙碌多少次。

他們努力工作，省去牠探望這個或那個人的任務，省去讓他們看看牠潔白如骨的針狀牙齒，以及讓他們聽聽牠美麗的嗓音，並看著牠誠實的紅色眼睛。但這並沒有讓蘭莫愛上人類。事實上，這讓牠對他們的評價很差，儘管牠的觀感對人類或是牠的任務並沒有影響。

9

某天晚上，蘭莫來拜訪一位祖母。蘭莫遇過很多祖母。這位奶奶已經七十七歲三個月又十四天了，她叫桃樂絲．希金博特姆夫人。

當小蛇來到希金博特姆奶奶的床下時，她正坐在床上，靠著枕頭翻過雜誌的一頁，上面寫著陌生人發生的可怕事情，和有關貓咪的趣事。和許多其他奶奶不同的是，當希金博特姆奶奶望向一張貓咪穿著針織背心，看起來很生氣的照片時，她看到了蘭莫。

她放下雜誌，用老奶奶的音調低聲說：「你好。」

「妳好。」蘭莫用牠美妙如珍珠和巧克力般絲滑的嗓音說：「我是來……」

希金博特姆奶奶打斷說：「哦，我知道，我很清楚你為什麼來，我很滿足，但是如果你不介意的話，我想談一談。」

自從離開瑪麗後，因為牠太生氣又太內疚了，蘭莫很懷念和一個理智的人類談話。這意味著牠很樂意一路爬上床，躺在希金博特姆奶奶腿上的被子上。

「妳想談什麼？」

「嗯，我想現在討論大部分的事情已經太遲了。」

小蛇點點頭，在溫暖的被子上舒服地躺著。牠等待著。雖然牠總是很忙，但牠從不著急。這就是蛇的本性。

希金博特姆奶奶開始說：「我想告訴別人，我有多討厭我的孫子們。他們非常刻薄，來拜訪我時會帶來我不喜歡的葡萄柚，和別人送給他們但他們不想要的禮物。有一次，我在禮物裡發現一張他們忘記拿起來的小卡——一個裝著指甲刀和鼻毛修剪器的塑膠盒。小卡上面寫著：請享受男士梳妝每月贈送的免費禮品。」

小蛇說：「那真的不是很好。」除了瑪麗，沒有人給過牠任何禮物。她給了牠食物、親吻、交談和陪伴。

希金博特姆奶奶說：「的確。我生了三個孩子——兩個女孩和一個男孩。我愛他們，我帶他們欣賞日落和蘋果內部的奧妙，傾聽貝殼裡的聲音，我們在草地上散步還去溜滑梯，但男孩和其中一個女孩只對閃亮亮的錢幣、八卦以及惹哭他們的妹妹有興趣。而他們生養的孩子都是可怕的孩子。殘忍的姐姐和殘忍的兒子，每個星期天都會和他們那群可怕的後代來探望我。當他們之中的一些人和我待在這裡的時候，我可以聽到其他人在我的房子裡尋找可以出售的漂亮飾品、珠寶或金錢。

我問他們：『有人把我的地板翻開的聲音是怎麼回事？』他們就告訴我：『沒事啦，傻奶奶，是風吹過橫樑的聲音。』我問他們：『那是什麼聲音，好像有人貪婪的手指打開我的盒子，在我的櫥櫃裡翻來翻去。』他們就告訴我：『那是老鼠在這間又大又舊的房子裡的聲音，傻奶奶。妳應該讓我們把房子賣掉，讓我們送妳去養老院。』我問他們：『那是什麼聲音，聽起來像我的照片被拿了下來，椅子被搬走？』他們就告訴我：『妳年紀大，精神失常了，傻奶奶，妳應該讓我們立刻把妳送進養老院，並且處理好妳所有的東西，這樣妳就不用煩惱了。』

我已經漸漸心灰意冷。他們唯一讓我感到開心的事就是在一月的第一天送我一束玫瑰花。玫瑰是我的最愛，它讓我的新年充滿芬芳與色彩。」

小蛇同意說：「那真是令人愉快。」牠嚐到希金博特姆奶奶的本質是善良、困惑，而且她非常疲倦。

「那妳的另一個女兒怎麼了呢？」

「我不知道。我想他們把她送走或趕走了。我在床墊裡藏了我的訂婚戒指、結婚戒指，還有我先生在結婚四十周年時送給我的戒指——就在他去世前——我還藏了四顆珠寶和十六枚金幣。這些就是我僅剩的東西了，我要留給我的好女兒，但我不知道要寄到哪。當我走了之後，我的另一位貪心女兒和可怕兒子，還有他們的可怕孩子們會來拿走所有的東西。」希金博特姆奶奶沉默下來，看起來非常悲傷。自從小蛇離開瑪麗後，牠更了解悲傷了。

小蛇用牠聰明又敏捷的舌頭再度嚐了嚐空氣。

「妳的女兒在這片土地往左橫越四塊土地，再往上相距兩塊土地的地方。」

「她還安全嗎？」

蛇的舌頭再次以最快的速度擺動。牠想了一會兒。

「她很安全，並且舒適又滿足。只有一部分是悲傷的，就是記得妳的那部分。妳其他的孩子告訴她，如果她不離開，如果她寫信、向妳傳送任何訊息，他們就會傷害妳。但是，在每年一月的第一天，她都會送玫瑰花給妳，讓妳的新年變得甜美又充滿色彩。」

「啊！」希金博特姆奶奶的眼睛變得更加深藍，流下了眼淚，這讓蘭莫嚐到月亮和其他荒野的味道。然後她笑了。

「原來如此。」她拍了拍蘭莫附近的被子。「我們是不是該開始了？」

「嗯……通常……是的……」蘭莫停頓下來並且想了一想；老太太活了這麼久，她可能知道很多事情。

於是牠問她：「最近我很生氣。這也是我第一次感到內疚。這讓我很困擾。我遊歷了世界，但憤怒和愧疚卻沒有消失。它們總是如影隨行。」

「嗯……」希金博特姆奶奶搔著牠的耳後，牠通常不讓別人這麼做，但這似乎安慰了牠。

「那麼就是你愛著一個人。真奇怪啊！我沒想到你會這樣。」

「愛？」

「要感到非常生氣，首先你必須非常愛著對方，或是非常害怕。但我不覺得你會害怕任何事或人……。」

蘭莫點點頭：「那倒是真的。至少，我是這麼認為。」

當希金博特姆奶奶聽到蘭莫聲音中的疑慮時，她補充說：「除非你在為你的所愛擔心……小蛇，你有喜愛的東西嗎？」

「沒有。」

「啊，那麼就是你有喜愛的人。」

此時，蘭莫發現牠無法用美妙的嗓音說出些什麼。牠只是靠在老太太的手上，讓她用牠喜歡的方式輕輕地撫摸牠的金色鱗片，這讓牠想起牠的朋友瑪麗。希金博特姆奶奶悄悄地對牠說：「愛是一件可怕的事。」

蘭莫低聲說：「似乎是這樣。」

「但也很美好。」

「也許吧。」牠稍微靠近了希金博特姆奶奶。

「也許是。」然後牠非常認真地看著她的眼睛。

「我保證，在別人找到之前，我會帶走妳的三枚戒指、四顆珠寶和十六枚金幣。我會把這些東西帶去妳女兒家。她會認出妳的戒指，知道是妳送的。」

「你會和她見面嗎？」希金博特姆奶奶聽起來很擔心。

「不。我還不會見妳的女兒，還有很長的時間。但我發誓我會把妳的寶藏交給她。」小蛇說。

「我原本以為你不是那種會做出承諾的蛇。」

「我不是。」蛇盡可能地微笑著。牠解釋說：「也許我正在改變，我也不知道。」

老太太笑了，她把頭靠在枕頭上並且閉上眼睛。接著讓那條把自己變得很小的蛇塞進下巴。

「晚安，小蛇，謝謝你。」

「我不需要感謝。」

「會很快嗎？」

「會很快，而且這將是永遠的。晚安，希金博特姆奶奶。」小蛇說。

結束後，蛇拿起老太太的寶藏，扭動著把它們放到變得非常寬又安全的背上，像一個金盤一樣，並且往失散的女兒家飛奔而去。

當牠抵達她家門口時，牠最後一次測試了空氣，確定女兒的內心和她母親同樣那麼善良又有深度，直至那顆心停止跳動。

蘭莫以迅雷不及掩耳的速度把東西帶進屋內，溜到門下和家具後方，然後牠把三枚戒指、四顆珠寶和十六枚金幣放在廚房的桌子上。

早上，希金博特姆奶奶失散的女兒下樓時，發現她的雙胞胎女兒在玩著閃亮的金幣和珠寶，她立刻認出來，那是母親的三枚戒指。

女兒坐下來哭了，雖然她的孩子不知道為什麼。她緊緊地抱著孩子們。當她先生下樓準備吃早餐時，她也抱住了他。然後她用他們都不曾說過的語言，大聲喊出一個激烈的字，但他們都聽得懂。他們緊緊地擁抱在一起，小蛇嚐到了他們的悲傷，也嚐到他們被愛所覆蓋。

小蛇從鍋子堆的陰影看著牠們，然後離開了，在許多不同的國家忙碌著，這些國家是人類為了分開彼此而在地球上標示出來的。

10

當蘭莫穿梭在世界各地的人們之間，履行牠的職責時，瑪麗還是個小女孩。她越長越大，越來越高，手臂和雙腿有時特別笨拙，有時又特別優雅，只是她不知道什麼時候會是前者，什麼時候會是後者，這讓她感到非常困擾。

瑪麗也是個女學生，她學到國家的幸福發展模式和休閒參與，以及在許多著名戰役中，那些現存和已逝的重要將領的名字，以及軍隊的行動。

她自學如何拼寫出超長而且有趣的單字，像是「光蝕刻法」（photolithography），以及迷人的單字，像是「蠕動」（peristalsis）和「網狀」

（reticulatus）。她也自學了如何在一個定點不間斷地單腳跳躍（她可以跳到接近三百五十下）以及如何烤麵包。

她學會了母親所有的微笑和父親所有的擁抱。她很開心。

閒暇時，她會在小花園裡玩耍，幻想著探索世界。當天氣寒冷的時候，她會想像站在雪橇的後面，讓她的愛斯基摩犬拉著她，啪嗒啪嗒啪嗒地穿過雪地，越過欣賞她馴鹿皮大衣的北極熊與企鵝。當天氣炎熱的時候，她會想像自己穿著結實的靴子，走在餅乾顏色的沙漠裡，和蜥蜴聊天或擠過叢林的縫隙。

「妳千萬不要擠過叢林的縫隙。」瑪麗低頭一看，手腕上有一個蘭莫的小巧形狀，眨著眼睛，可能是有點緊張。

小蛇彎著頭，彷彿想用鼻頭輕擦她的手掌，但不知道她是否喜歡。

「妳比我印象中還要長。頭髮也變膨了。妳變很多。」

瑪麗很高興看到她的朋友，但也很生氣，因為距離上次看到小蛇，已經是兩年多前了，她覺得牠都沒替她著想，跑出去這麼久。

「而你遲到太久了。你已經有八百一十二天，三小時又好幾分鐘沒來看我了。我都寫在筆記本上，如果你想看的話。」

「對不起。我忘記了時間。」蘭莫看起來真的很歉疚。

「那不是藉口。」瑪麗說。

「而且我有很多事要做。」

小蛇咕噥著，因為牠感到慚愧，但即使如此，瑪麗還是忍不住欣賞牠優美的嗓音，對於牠的出現感到開心。然而，她還是決定訓斥牠一番。

「你現在講起話來像個大人。他們總是瞎忙，卻不去做重要的事情。」

蘭莫改變話題說：「請答應我，妳不會擠過叢林裡的縫隙——那裡可能會有有毒的蜘蛛、尖銳的荊棘，或不禮貌、令人不快又醜到嚇人的蛇。在沙漠裡要小心，因為沙子裡也有蜘蛛、粗魯又可怕的蛇、蠍子和美洲獅。到處都要小心。事實上，也許妳該留在妳的城市裡。」

瑪麗舉起手，以便和蛇面對面，她對著她的朋友微笑並且莊嚴地親吻了牠的頭。「歡迎回來，蘭莫。我想給你一點起司，但我們沒有了。通往鄉間乳牛牧場的鐵路一直有問題。」

她實在太開心了，轉了一圈又一圈，以一種蘭莫確信別人都沒辦法這麼快樂的方式笑著。牠抖動自己的鱗片以發出清脆的聲響，就像有人在遙遠安靜的地方，用冰冷的手指彈奏水晶豎琴。牠發現自己就和牠的朋友一樣快樂。

不過，當牠和瑪麗在轉啊轉的同時，牠注意到這座城市看起來比牠記憶中還要悲傷許多。一些牆壁塗鴉著憤怒的文字，人行道上有些地方變得破損骯髒。放風箏的人越來越少，而在天空的風箏看起來就像被遺忘一樣，獨自被留在屋頂或陽台上，沒人關心。牠舔了舔空氣，已經沒有笑聲了。

往閃亮塔樓的方向看去，有更多銳利的高樓劃向天際。新的塔樓嚐起來空蕩蕩的。

在小花園裡，瑪麗的父母在玫瑰周圍種了豆子和捲心菜。他們還擺了一個鍋子，在裡面種上香草和番茄，還有一個種馬鈴薯的深盆。這些作物看起來很生氣，彷彿它們今年不想長出馬鈴薯一樣，或是以後都不打算長了。

瑪麗說：「哦，我給你看個東西。」她捧著蛇跑進屋裡，就像個沒有手臂和雙腳的小皇帝一樣。然後她停下來，喊了一聲：「你看。」

在小廚房的角落裡，有一隻瑪麗父母讓她養的小貓正在玩小木球。那位麵包店的好心女士養了一隻母貓，牠生了四隻小貓：一隻身上有白色、橘色和棕色，一隻是白色、灰色和棕色，一隻是薑黃色和白色，還有一隻是全黑的。那隻小黑貓的眼睛看起來古靈精怪的，所以瑪麗選了牠。

麵包店的女士得靠貓咪來阻止老鼠偷吃麵粉。現在有很多老鼠，但她養不起兩隻以上的貓咪，所以除了兩隻小貓以外，她不得不送走其他的貓咪。她現在也負擔不起分送麵包了。

小蛇研究了一會兒小貓，說：「太棒了。」

瑪麗還沒來得及說些什麼，蘭莫就從她手上滑到地板上，並邊走邊張大嘴，接著就把小貓從牠的頭和前掌開始往嘴裡吞。

瑪麗大叫：「不！」

這時，蛇皺了皺眉並停下動作。小貓的後腿在蘭莫的嘴巴外扭動著，瑪麗聽到從蛇嘴裡傳出一聲充滿疑惑的「喵？」好像小貓在問發生什麼事了，因為牠從來沒有被任何東西吞下過。

蛇反問：「嗯？」

「你不能吃我的小貓。那是雪德。」

小蛇嘴裡塞著小貓。

小蛇嘆了口氣，一邊說：「噶——啊——啊——咖。」一邊慢慢地把小貓咳出來。小蛇扭動著頭又晃了晃，直到小貓從牠嘴裡掉出來，最後坐在廚房地板上——面露驚嚇又全身濕淋淋的。

小貓眨了眨眼，然後打了個噴嚏，接著開始把毛舔回正常狀態。

蘭莫站起來，讓自己看上去有點像個由黃金做成，矮小而體面，但卻哪裡不對勁的紳士，以牠最正式又尷尬的聲音說：「對不起，瑪麗。我誤會了。我以為因為沒有起司，所以妳給我這麼美味的……我是說這麼可愛的小貓……嗯……」牠輕輕地說了最後一個字：「吃。」

「我是在介紹你。」

「瑪麗，妳永遠都不應該介紹小貓給蛇。」

「但你不是蛇——你是我的朋友。」

蘭莫小心翼翼地從小貓身邊溜走，牠正躺在地上玩著自己的爪子，好像幾分鐘前沒有差點被當作晚餐一樣。

「我是妳的朋友。」牠清了清喉嚨：「但我也是一條蛇。而蛇就是蛇。」

牠擺動著舌頭，想嚐一嚐自己是否被原諒了，然後像流動的金屬一樣往前衝，再度出現在瑪麗的手上，牠往上用舌頭搔了搔瑪麗的眉毛。

「我覺得這麼久沒有看到妳讓我很難過。」

「嗯，沒看到你也讓我很難過。」

之後，瑪麗解釋說自己有個約會，並且希望早點知道蛇會回來，但這天是星期六，而星期六是約會的日子。

「我可以和妳一起去嗎？」

瑪麗對牠說：「我不這麼認為。」然後她回到自己的小房間，再回來時聞起來有百合花的味道，並且穿著一件從鄰居那裡買來的漂亮洋裝。她自己修改了這件洋裝，畢竟她知道如何把衣服縫得漂亮，雖然學習的過程很惱人。

小蛇不想窺探她的隱私，所以沒有伸出舌頭嚐嚐她周圍的空氣，而是讓她離開。然後蘭莫整個下午都裝成繩子，好讓小貓和牠一起玩。一開始感覺有點丟臉，但牠最後相當喜歡扭動著尾巴的末端，當小貓撲過來時又迅速溜開，或是揉搓小貓的肚子，讓牠發出舒服的咕嚕聲，或者朝著小貓下方衝過去，讓牠跌落在柔軟的堆裡。

一旦小貓累了——需要花很長的時間才能把小貓累壞——小蛇就會把自己捲成一圈，變得像個籃子一樣，小貓就睡在溫暖的鱗片裡，一隻柔軟的手掌伸到一邊。當瑪麗的父母在市場兜售了一整天乏人問津的飾品或圖畫後，回到家時，他們只是看到打瞌睡的小貓，以為牠一定是睡在毯子上或籃子裡，因為小貓永遠不會睡在蛇的懷抱裡（當然，蛇沒有手臂，但如果願意的話，牠們可以擁抱人類和動物）。

瑪麗回到家時似乎特別高興，低聲地唱著一首歌曲。

你是陽光明媚的夜晚
你是沒有海岸的海洋
你是歌頌美酒的鳥兒
你是沒有爪子的獅子
成為我的榮幸，成為我的

成為我的榮耀，成為我的
成為我的生活，成為我的
我的朋友，我的愛人，成為我的

晚餐時，小蛇耐心地在瑪麗的餐巾紙下等待，她和她的父母吃著由麵粉做成，帶點沙粒的麵包，喝著用花園裡的捲心菜葉，加了水和米做成的湯。然後一家人坐在沙發上——這是他們僅有的家具之一——全都依偎在一塊毯子下禦寒。

瑪麗夾在父母中間，蘭莫藏在瑪麗身上，牠聰明的腦袋和敏銳的眼睛在毯子頂端偷看著。牠喜歡這樣的溫暖，感受人類家庭的氛圍。

然而，小蛇不禁注意到，用來蓋住客廳破舊地板的鮮豔地毯不見了，本來佇立在桌子上，張著大口要求鮮花的花瓶也不見了。還有桌子也不見了。

在燈泡發出的昏黃燈光下，瑪麗的父親朗讀給大家聽。他選了一個大家都耳熟能詳的故事，這個故事述說一個幸運的年輕樵夫的兒子，他曾經給一位經過他花園，非常口渴的老太太一杯水。

老太太看起來頭髮散亂又身無分文，還有點奇怪，但最後卻發現她是個有魔法的人，一直在幫助樵夫實現願望，也讓他經歷冒險，並且把他介紹給穿著盔甲的騎士和巫師。

樵夫覺得這一切有點嚇人，而且他不是每次都喜歡在水晶山上醒來，又必須去完成任務，或者被派去尋找不可能的事物，但他彬彬有禮的態度卻從未改變。

最後，當他乘著一艘會說話的船，航行在奇特的島嶼之間時，遇到一位善良又可愛的石匠，這個人最後成了他的妻子，所以大部分的時候，他還是很高興自己在老太太需要時給了她一杯水。

瑪麗的父親決定要把下面這一段唸出來：島上的女人放下鑿子，並且表白她至死不渝的愛。

當他唸出來時，瑪麗的母親用手肘輕推了她一兩次。小蛇很清楚，瑪麗的父母都在暗示她自己可能已經找到喜歡的人，就像石匠愛著樵夫。瑪麗對一切保持沉默，但當父親唸到一句初吻的句子時，她就時不時地咯咯笑，還有點用力地捏了小蛇的尾巴。

因為電力配給，晚上九點斷電時，大家互道晚安，親吻彼此並祝對方好夢，準備上床睡覺。母親先使用浴室，再來換父親，最後是瑪麗。

她一關上燈，溜上床，蘭莫就心滿意足地蜷縮在她枕頭上，眼睛微微散發著光芒。牠問她：「瑪麗，妳能告訴我關於愛的事嗎？」

瑪麗說：「我不明白你的意思。」

小蛇可以在黑暗中感覺到她臉紅了。這也許是她對小蛇說過的唯一謊言，但也情有可原，因為很少有人能了解關於愛的一切。也許她不想說錯話，誤導她的朋友。

「瑪麗，許多世紀以來，我在地球上的每片土地旅行，遇到了很多很多人。我在他們之間做我的工作，但沒有費心去了解或理解他們。一方面是因為他們看起來非常複雜又奇怪，另一方面是因為他們並不會在世上待太久。自從遇見了妳，我更加關注他們，我在很多人身上都能感受到愛的味道。在他們之中有人愛著地方，有些人愛著東西，有些人愛他們自己，有些人愛著其他人。而妳嚐起來有愛著其他人的味道。」

「嗯，我愛你。你是我的朋友。而且你在這裡。」

蛇嚐了嚐空氣，然後咳嗽起來，意味著牠有些不耐煩，希望瑪麗能對牠坦白。

牠說：「那個味道很棒，我嚐到了新鮮老鼠和熨燙乾淨衣物的蒸氣，還有陽光的味道。」牠用那雙聰明的紅眼睛深深地看著她。

「但我還嚐到妳對一個很想親吻的人的愛。帶著忍冬和胡椒的味道。」

「哦……」瑪麗微笑著，讓整個房間明亮起來。

「那個你說我應該和他聊天，叫做保羅的男孩……他和我都喜歡蝙蝠和貓咪，我們還喜歡漂浮和划船，我們躺在草地柔軟的河岸上一起聆聽星星的聲音，還有……」

蛇有點忌妒地說：「是嗎？」

「他是個很棒的人。不是因為他像你一樣神奇所以很棒，而是因為他是保羅所以很棒。」

「那我不棒是因為我是蘭莫嗎？」

「你當然也很棒啊。」瑪麗說。

但她又緊接著長篇大論地說著保羅的頭髮、他走路的樣子、他所說過的風趣笑話……

雖然蘭莫很努力想為她感到高興，因為她是那麼地滿心歡喜，但牠也確實感到有些無聊。最後蘭莫忍不住睡著了。

11

蘭莫醒來時，太陽已經快要出來了。其實牠是被瑪麗的聲音吵醒的，但她的聲音漸漸變小，最終鴉雀無聲。這不是因為她說不出關於保羅的好話，而是因為她太累了，無法再精神奕奕地沉浸在愛戀之中，所以她的身體堅持要她進入夢鄉，去探索迷人的洞穴。裡面充滿珠寶、金銀礦層以及從拱形屋頂往下搖搖欲墜的鐘乳石和從地面往上延伸的石筍。

在夢裡，保羅沒有和她在一起，她開始意識到，愛上他，可能意味著她最後無法成為著名探險家，除非他也喜歡冒險。不知何故，她從來沒有向保羅提過她想成為探險家的計畫。這是因為這對她來說非常重要，她不希望保羅嘲笑這些夢想，對它們嗤之以鼻，就像他們談論著那些聽不見星星的愚蠢人們，或是當某些人明明可以躺在柔軟的草地上，感受小草逗他們開心並且吸入它們的芬芳，卻喜歡躺在地毯或沙發上那樣，讓他們覺得很愚蠢。

當瑪麗做夢時，小蛇迅速地溜進一個愛護人民的偉人家裡。這個家坐落在懸崖的邊緣，又長又高的窗戶面對著大海，不管是暴風雨、日落或是經過的鯨魚或海豚，全都可以一覽無遺。

這位愛民的偉人有時會打開窗戶，走到陽台上，鼻子朝著吹拂的微風站著，他穿著非常樸素的西裝，顯得謙卑；那雙非常普通的鞋子，表明他值得信任；繫著一條圖案溫和的領帶，顯得敏感而有藝術感，又不會太狂野。

他覺得，讓大海仰望和他一樣優秀的人，並因此感到欣喜，這才是公平的。他確信鯨魚和海豚知道他在那裡，也會發現牠們的生活得到改善。有時，他會在海浪中朗誦一些語句，看看它們聽起來是否足夠鼓舞人心、壯麗動人。當然，這一切都是為了人民而做的，因為他總是非常謙虛並且關心人民。

在這個清晨，愛民的偉人一直睡不著覺。昨天他收到一位將軍的來信，告訴他，他替人民進行的戰爭殺死了八成的敵人。只剩下一個敵人的城市——托特市。那裡都是婦女、孩童和老人。將軍在信中說，托特市已經投降，戰爭很快就會結束，這是件好事，因為有七成五的人民在戰鬥中犧牲了。現在，每個人都想要休息一會兒。

愛民的偉人整夜都在思考，在這種情況下，最仁慈和明智的做法是什麼，因為他有著一顆柔軟又優雅的心，對老人溫柔，總是以尊重和大眾喜愛的方式親吻婦女和孩童，以此表達對人民的愛。經過一番深思熟慮，他召來了國家信使，交給他一封給將軍的信。

信中寫著：

尊敬的將軍，我們偉大部隊的總司令，身為你謙卑又慈愛的領導者，我感謝你為人民做出的英勇貢獻，也感謝你捎來關於戰爭的消息。你說，托特市包含了敵軍留下的老人。如你所知，老人記得很多事情，擁有許多智慧。如果我們敵人的記憶和智慧得以保留，那麼他們可能會再次崛起，打敗我們。因此，必須殺死老人。我們敵人的婦女也還活著，他們可能產下新一代的敵人，並可能對我們如何對待他們的人民懷有女性的怨恨。因此，必須殺死婦女。

在城市中存活下來的孩子們，長大可能會成為比我們現在的敵人更具報復性，並可能生育更多的孩子，最終讓世界充滿致命的敵人。因此，必須殺死孩童。

我還有二成五的親愛人民活著。他們沒有高尚地為我捍衛他們的使命而犧牲自己；他們還沒把危險又充滿威脅的托特市從地表上抹去。這意味著他們一定是叛徒。因此，必須殺死殘存的人民。

一旦你的人為保衛我的人民而採取這些必要措施時，你就必須向他們解釋，因為他們還沒殺死隱藏在我們光榮國家的叛徒（和托特市的邪惡市民），所以他們就是叛徒。因此，他們必須互相殘殺然後自殺。而你，我忠誠而英勇的指揮官，要求我代表人民結束這場偉大的戰爭。這就意味著，你沒有實現這場我們代表人民進行的偉大戰爭的偉大目標。你是個叛徒。因此，一旦你確定其他人都死了，你就必須自殺。

我非常尊敬的將軍，我懷著兄弟般的愛和友誼發出這一則訊息。

愛民的偉人大聲地唸出這封信好幾次，以確保信中充滿了愛與正義。然後他伸手把信放在此刻臉色蒼白的信使顫抖的手中。

也許是為了推遲他的離去，因為他一定會踏上死亡之路，信使問：「喔，光榮的領導者，為什麼有一條金蛇纏繞在你的陽台欄杆上呢？」

愛民的偉人對這樣的發言一笑置之，但他的確轉過身去端詳欄杆，奇怪的是，他確實注意到一條他從未見過的美麗的小蛇停在那兒。

小蛇抽動著尾巴末端，用深紅色的眼睛看著他。那對眼睛讓愛民的偉人感到焦慮。它們讓他想起許多年前他焚燒的第一座城市的光芒。

小蛇說：「早安。」

這讓愛民的偉人掉了手中的信，甚至沒有注意到信使隨後從陽台和宴會廳跑了出去，下了樓梯，穿過花園裡鬱鬱蔥蔥的庭院，接著又穿過戰場和廢棄的村莊，穿過被燒毀的果園，直到他回到家人的村莊。他的母親和兩個親戚仍然活著，他便和他們住在一起，永遠不再提起他在愛民的偉人身邊的日子。

當這一切開始發生時，愛民的偉人只是站在原地，吞了吞口水。

小蛇用牠最迷人的嗓音說：「這些年來，你幫我省下了不少麻煩，你決定代替我，做我的工作。」牠說的話就像絲綢優美地飄在空氣中。

「我覺得我無法喜歡你。」蛇在空氣中擺動著舌頭，嚐到了偉人的困惑。「過去，在我做我必須做的事情時，我通常不會對遇到的人有什麼意見。然而，最近我被教導要對人類和自己的生活更感興趣……」

牠停了一下，皺了皺眉，雖然很難看得出來，因為牠沒有眉毛，也沒有什麼額頭。

「我真的不喜歡你。今天，我很高興我們見面了。」

愛民的偉人大聲怒吼：「但我是愛人民的偉人。」

「不。」蛇眨了眨眼，一面想著愛民的偉人，一面將目光向下挖掘、搜尋、一路窺視到他的靈魂和內心深處。

「不，你只是奈傑・賽門・比奇。我會好好享用的。」

蛇張開嘴，讓它潔白如骨的牙齒在晨曦中發光。就一會兒。

12

當瑪麗醒來時，蘭莫正躺在她的枕頭上心滿意足地看著她。完全看不出從最後一次見到牠到現在，這隻蛇已經跋山涉水了好幾萬哩才回到這裡。

「妳好啊，瑪麗。我們可以去上學了嗎？」

「不，小傻瓜。今天可是星期天呢！首先，我要先去一趟雜貨店，幫忙把貨品上架和打掃——這是我的工作。然後吃完午餐，我們可以去偉人大道吃冰淇淋。我現在的零用錢可以吃得起冰淇淋了。剩下的錢必須給爸媽，因為生活各方面都不容易。有時候我得撿一些舊空罐或是舊盒子回家。」

「我不認為我會對打掃和上架感興趣。」小蛇說，「我還是待在這裡跟妳爸爸媽媽一起，等妳工作結束回家。」

「打掃是有點無趣啦，」瑪麗同意，「而且因為貨品的數量也沒那麼多好上架，所以我大部分都只是搬一些瓶瓶罐罐而已。我們家真的很需要我幫忙賺錢，但我想再過幾個禮拜，帕博先生可能也會說他無法再付我薪水了。」

瑪麗說這些話時看起來相當悲傷，蘭莫覺得自己的背脊都在發涼。雖然這些讓牠對於愛更了解了一些，但也讓牠感到悲傷，因為牠的頭在痛，眼睛也感到刺痛。

為了讓瑪麗振作起來，牠摩擦著身上的鱗片，讓聲音聽起來像是一隻美麗又善良的鳥兒在舞動金黃色的羽毛一般，在瑪麗的被單旁邊前後舞動，直到牠全身變成一道不可思議的閃光。

小蛇這麼做的確讓瑪麗忘記了煩憂。

大部分的時間裡，她總是盡量讓自己不要那麼低落，盡可能當一個快樂的人。當然，小蛇也嚐得出來，她愛上保羅了，這徹底照亮並溫暖了她的內心，讓她心中灰暗的想法被驅逐出去。

早餐吃完用茶和水煮成的粥後，瑪麗就到帕博先生的店裡去了。蘭莫則待在破舊的客廳，沿著牆緣躺著，唯妙唯肖地假裝自己是一條電線。

瑪麗的爸媽吃完早餐，收拾善後一番，便安靜地坐在沙發上，完全沒注意到那裡有條蛇。一部分是因為他們是大人，一部分是因為他們的雙眼直盯著某個他們以為能從中看到未來的東西，而他們並不喜歡這個未來。

過了一會兒，瑪麗的爸爸握住他太太的手，而瑪麗的媽媽也把頭靠在她丈夫的肩膀上。

「會沒事的。」瑪麗媽媽說。

「也許最後會沒事吧。」爸爸說。

聽起來，他們倆人都不相信自己看到的是真的。

小蛇很想盡量站得高高的，這樣才能有威嚴地說出：「你們一定要到寬恕之地去，我知道你們只有在那裡才會安全！明天早上，你們一定要只帶上能跟著你們很久、很久，不會拖累你們的家當！你們的城市太悲傷了，連風箏都很難飛上天空。你們看不出來一切都變了嗎？你們一定要在悲慘時刻來臨前，把以前擁有的一切全部拋下，不然你們會眼睜睜地看著它們從你們身上被奪走！悲慘的時刻會傷害你們！你們一定要平安地活著，因為瑪麗愛你們，我也愛你們……我的心裡也有個叫做『愛』的東西，我愛著瑪麗。」

然而，牠知道瑪麗的父母不會聽見，也不可能看見牠。他們根本就不會希望牠在這裡，也不想聽懂牠所說的話。

人類很常不願意離開他們擁有的東西，或是去別的地方，除非他們的安全已岌岌可危。

所以蘭莫對蜷縮在瑪麗媽媽腿上來使她感到暖和舒適的小貓眨了眨眼。小貓咪用牠那柔軟的粉紅肉墊砰砰砰地跳下來，跟著蘭莫閃閃發光的尾巴。牠們一起在小花園裡玩耍，玩得不亦樂乎。

有時候當你沒事可做，或是也沒辦法做什麼的時候，最好與朋友同樂一番來讓你的靈魂更強大。

瑪麗工作完回到家後又髒又累，但她的手上拿著一包開封過的義大利麵，大家看到都很開心（蘭莫不喜歡義大利麵，因為人們吃它的樣子看起來就像是在吃細細小小的蛇一樣）。

爸爸抱了一下瑪麗和媽媽，媽媽也抱了一下瑪麗和爸爸，蘭莫也悄悄地繞上瑪麗的脖子，就像條項鍊一樣，這樣牠就能分享因為義大利麵所帶來這麼多的歡笑與擁抱。

牠發現人類很厲害，在任何情況下都能說服自己撐下去，而且還能充滿歡笑和勇氣。很可惜有些人類卻那麼愚蠢。

小貓咪也得到了擁抱，鼻頭還被親了一下，另外還得到一堆從帕博先生店裡帶回來的貓餅乾（養貓的人越來越少了，所以他可以很乾脆地把寵物飼料送人，不用擔心數量太少沒得賣，反正現在幾乎完全沒人買了）。

這些人類享用了加鼠尾草煮成的義大利麵，還有從院子摘下來的番茄當作午餐。大家都覺得這是頓大餐。

接著，瑪麗換上了她最美麗的洋裝（這是從她媽媽最好的洋裝裡挑一件出來修改而成的），開心地小跑步到街上，往偉人大道走去。蘭莫停在她的肩上，像是一隻瘦小的金絲雀一樣。

幾年前，這條大道還沒那麼寬。有許多又高又寬的櫥窗都空無一物，不然就是被封起來了，凡德瑪街口的市場也杳無人聲。

瑪莉喜歡它之前充滿香料，花花綠綠排得像是條有香味的彩虹一樣。還有五彩繽紛的蔬果，整齊地被陳列在店裡。賣絲綢的小販都不見了，皮革工人也只賣很少量的涼鞋，還有看起來髒兮兮又褪色的包包。

不過冰淇淋店還在，錢森先生還在賣冰棒、甜筒，以及許多冰點，雖然沒人想知道他的奶油是哪來的。

他賣的甜點還是很好吃：草莓蛋糕、越橘巧克力、普通的巧克力、檸檬、黑醋栗與接骨木，還有紫藍莓。

瑪麗加入了鎮上排隊的人潮，人們都急於想吃點小點心，想令這個星期天感覺起來像以往一樣那麼宜人。

蘭莫從沒吃過冰淇淋，這讓牠感到很好奇。

「瑪麗，我該吃什麼口味？」

瑪麗第一時間並沒有回答，所以牠繞上她的頸子，貼近她的耳朵問：「怎麼了嗎？」

「嗯……沒什麼，只是……」瑪麗小聲地說：「只是我只買得起一支冰淇淋。我父母需要剩下的錢。如果買兩支的話，對他們不公平。」

「嗯……」蘭莫邊說邊盡可能擠出笑容，「但我可以讓這個人類以為我們已經付過錢了，我可以讓他把每種口味都拿點給我們吃。」牠用柔軟絲滑的聲音咯咯笑了起來，彷彿要把冰淇淋給融化。

「不，不行，蘭莫。這麼做很糟糕。錢森先生需要錢來買他的神祕牛奶，替我們做更多冰淇淋。我們不能偷他的東西，他人很好。他給每個人的冰淇淋上頭都撒了巧克力碎片，不然就是額外免費多給我們一些冰淇淋或淋醬。」

蘭莫微微地縮了一下，靠在瑪麗的頸子上。

「我真搞不懂你們人類。你們有些人總是偷個不停，有些人又不管怎麼樣都不會偷東西。你們就不能偶爾偷個東西嗎？如果有需要的話。」

「我不認為可以。」

「但你們在捱餓，而其他人的食物又多到吃不完啊。」

「沒錯，但這個世界就是這樣。」

蘭莫想了一下，覺得這個答案無法令牠滿意。

「這個答案我不滿意。」蘭莫說。

「我知道。」瑪麗說，「但這就是我爸媽還有老師針對誰有食物而誰沒有的問題，所給出的唯一答案。」

現在他們已經排到隊伍的前頭了，於是小蛇讓瑪麗幫牠選一球她最喜歡的口味，因為小蛇沒吃過冰淇淋，所以也不知道怎麼挑。

「你們怎麼拿到檸檬的？」

「檸檬只是掛在樹上不動，你可以很輕易地摘取，所有水果都是這樣。」

「這真是太蠢了，難怪所有人都要吃它們。」

蘭莫舔了舔空氣，嚐到甜甜黏黏的味道，還有美味的冰淇淋香味。它們香得讓牠頭都昏了。

「妳喜歡草莓嗎？」

牠想不起來上一次讓牠天旋地轉的東西是什麼。

「草莓是我的最愛。」

「那我們一定要吃那個。」

瑪麗很乾脆地付錢買了一球草莓口味的冰淇淋，緩緩地往聳立在偉人大道樹下的長凳走去，這棵樹在這條路上聳立多年，已經成了這裡的地標，也是人們聚會的所在。

她拿著甜筒，蘭莫把自己捲成一圈，讓牠的頭與冰淇淋等高。冰淇淋傳來的冷氣令牠有點昏昏欲睡，但又有些興奮。瑪麗等著蘭莫把舌頭伸出來，接著離冰淇淋越靠越近，最後小小地嚐了一口。

「嗯……」

然後這對好朋友就一邊看著人來人往，一邊輪流吃著冰淇淋。

「嗯嗯嗯……」蘭莫驚嘆。這點心讓牠的舌頭整個麻掉了。這可從沒發生過，然而這雖然讓牠有點不方便，但牠還挺喜歡的。

牠像狗狗那樣舔了舔溫暖的空氣，接著又馬上轉頭吃冰淇淋。

「嘶……」

牠從沒碰過這麼好吃又這麼好玩的東西。

他們一吃完冰淇淋，瑪麗就把甜筒給掰碎——蘭莫覺得聲音聽起來有點像擰斷老鼠的骨頭。

蘭莫懶洋洋地沿著她的肩膀往下滑，好用牠靈巧的尾巴抓住瑪麗的手臂。

活了這麼久，牠還能嘗試新東西，而且還能跟朋友同樂，看到她這麼快樂，牠實在太開心了。

「威比嗚比。」

「你說什麼？」

「利比盧比。」

「喔，蘭莫，你舌頭凍僵了噎。」

瑪麗咯咯地笑了，聲音嚐起來有草莓的味道。

「哇喔親愛的，」牠努力想講話並咯咯笑，「我有個凍冰冰的舌頭。」

「沒有這種東西。」

「一定有。我就有。」

蘭莫可以玩整個下午，但牠看到瑪麗回頭，上氣不接下氣地往上看。牠沿著瑪麗的視線看去，似乎看到了一個熟悉的身影。

那人看起來很像保羅，不過高了一些、長大了一些。

瑪麗對保羅揮手，好像他們約好了要在這裡見面。

「他當然變高變老了呀。歲月的痕跡嘛。」

「喔，這真是可怕。」

保羅現在跟他們非常靠近，蘭莫意識到，舌頭麻掉還真是個災難。

如果瑪麗愛保羅的話，她可能會想嫁給他，或是和他一起去北極划小船，那麼小蛇一定得好好嚐嚐他，看看他是否可靠，還有他是否也愛瑪麗，還有他是否是個好的划槳者。

蘭莫暗想，這一定就是人類的感覺，永遠也搞不懂別人的內心在想什麼。他們的蛋也無法告訴他任何事，他們是可憐又被遺棄的生物。

由於蘭莫的舌頭不管用了，於是牠只能用眼睛掃視著保羅。

「啊，那條蛇回來了。」保羅生氣地往下說，「蛇小子，上次你出現在這裡的時候咬了瑪麗，有人跟我說你不是故意的，但我得告訴你，如果你再咬她一次，你就得先咬我，因為我會揍你。」

保羅的藍眼睛散發勇敢的光芒，薑黃色的頭髮看起來更亮了，他刻意站起來，好讓自己看起來大隻一點，即便他還是相當瘦弱。如果有人在街上經過他身邊，根本不會注意到他的存在。

但瑪麗可不會。她挽起保羅離蘭莫較遠的那隻手，叫他別再說了。

「拜託別打架，我可不准。」

蘭莫把牠的脖子（或說是牠的背，反正就是身體的中間）捲在瑪麗的肩上，這樣牠的臉才能對著保羅，牠說：「如果你敢跟我打，你以後再也別想打架了。」

「我不在乎。只要瑪麗安全，我一點也不在乎。」保羅說。

即便他說這句話時手在發抖，聲音也聽起來抖抖的，但他深深地直視小蛇，眼睛眨都不眨。

蘭莫點點頭，眨了眨眼，用牠靈活的舌頭快速地舔了一下保羅的耳朵，然後用像是洗完澡後被溫暖的毛巾包覆一般的聲音對他說：

「你是個好人，保羅。我想你會跟我一樣盡力守護瑪麗，我必須常常外出旅行，你得在我不在的時候好好保護她。」

「我會照顧我自己，謝謝你啊！」瑪麗說，但她也用力捏了一下保羅的手，都快把他弄痛了，她親了一下沒被蘭莫舔過的那隻耳朵。

「我們會互相照顧啦。」

「記得，」當他們在夕陽下空蕩蕩的店家外漫步時，小蛇對他們說，「記得你們一定要把蛋放在溫暖乾燥的沙裡，遠離人類的愚蠢和憤怒。」

瑪麗什麼都沒說，只是一個勁兒地臉紅。

但是保羅卻小聲地說：「我覺得可能人類的小孩不需要沙，人類也不需要孵蛋。」

小蛇搖搖頭，覺得這對年輕人真蠢，關於育兒，他們還有得學呢。但也許他們會有時間好好學。

「我覺得你們最好跟比較有經驗的人確認一下，」蘭莫說，「瑪麗，現在你該告訴保羅有關冒險的事了，還要問問他會不會喜歡在帳棚裡跟蜘蛛一起共枕，或是和蝙蝠一同待在洞穴裡，又或是在叢林裡和獵豹待在一起。還有，他敢不敢跟鱷魚打鬥，或是搔河馬的癢，還有做其他更多稱職的探險者都會做的事情。因為要是他得用一生來陪伴妳，那他就得懂這些事。」

「他完全不用跟鱷魚打架，」瑪麗告訴蘭莫，「不准笑他。」

「而且我也不會去搔河馬的癢，」保羅點頭同意，「但是我會用兩根木頭和一條鞋帶來鑽木取火。而且我還會找北極星。我一直都很想去冒險，在鯨群旁邊游泳，在大草原上奔馳，還有……」

他講到一半突然被打斷了，因為瑪麗親吻了他的唇，她太高興他們能一同分享這麼遠大的夢想，還有許多共同喜歡的事物。

他們倆抓著彼此的手臂轉圈圈，差點在凹凹凸凸的石子路上跳起舞來。每個人看到瑪麗和保羅這麼完美的一對，都會永生難忘。他們用歡樂和溫柔的心來為彼此奉獻。

在每況愈下的日子裡，這樣的光景是值得紀念的。

當事物變得灰暗、艱辛或不確定的時候，人群中總會有人因為想到這個男孩和女孩，以及他們共舞時，頭髮閃閃發光的畫面而微笑。

當然，當瑪麗和保羅停下舞步——雖然小蛇也很喜歡跳舞——但牠已經離開了。

13

小蛇爬行的速度比世上的危險和謠言蔓延的速度還要快。牠為了履行任務，和許多人類見面。

蘭莫與一名喜歡把單車靠在牆上的女人見面；牠還見了一個喜歡吃蘋果的男孩、一名演奏小提琴的女士，還有一名喜歡上吹長笛的年輕女性的人。然後牠還見了一位誰都討厭的老先生，也不知道他為什麼這樣。

蘭莫有時候會遇到一些小女孩，這讓牠想起了瑪麗。那些日子裡，每當到了瑪麗所在國家的日落時分，蘭莫就會送給她特別香甜的美夢。

夜晚時分，蘭莫遇到一個正在跳舞的男人。陽光灑落這片土地，越過小小的山丘，照耀在草地上的玫瑰色光芒，讓那名男子看起來比實際上更高更瘦了。他的太太從廚房的窗戶往外看著他。

她是如此愛著她的丈夫，連小蛇都可以感受到，這股愛意在草原上匯集，就像滾滾流水一般澎湃。音樂從廚房的收音機傳出，那名男子更開心地隨著音樂舞動。他看起來很幸福。

小蛇正準備要張開嘴，露出牠的尖牙，然而，牠感受到了音樂與愛意的澎湃洶湧，於是也開始手舞足蹈了起來。牠在男子旋轉、輕快移動的腳邊跟著跳了起來。

跳到東又跳到西，一下前進一下後退。

小蛇扭動著牠的肚子——牠很少這樣做，而且還挺起牠的背——牠從沒這樣做過。牠用尾巴平衡，並且不斷擺動，輕點著頭，閉上眼睛，感受到一剎那的滿足。

「好玩嗎？」

蘭莫聽到有人出聲，便睜開眼睛抬頭看。那個男人正站在那裡微笑著打量牠。

「你真是個不尋常的傢伙。」

蘭莫上氣不接下氣，而且更想跳舞了。牠氣喘吁吁地說：「沒錯，我是很特別。你不會遇到能跟我媲美的對象。」

男人皺了皺眉，很快地坐在草地上，說：「啊，我懂了。」他不斷點頭，看著西下的太陽越來越靠近山丘，像是想給予他們溫暖。

「懂了，我懂了。」男子用手抓了抓頭髮，再度點頭道：「我懂了。」

小蛇本該對男子露出牠的尖牙，但牠卻緩慢地爬到男子的膝上打量他。已經很久沒有任何人類注意到牠了，自從與瑪麗分開後，牠也很久沒跟人類說話了。

男子輕柔地撫摸著小蛇的頸子。

「這麼說吧，我的朋友。我很常想到你。」

「我算不上是你的朋友。」小蛇說。

「好吧，那你就是我的客人。」

小蛇喜歡男子溫柔又帶點憂鬱地觸摸牠的身體，變得懶洋洋的。其實，牠已經睡著了。

當牠醒來時，牠發現自己被捲成一圈，帶到一個用未修剪的雜草所圍成的洞裡，這個雜草洞是為了用來保護周圍的野花。牠通常不會想睡覺，尤其是遇到人類時。這讓牠懷疑自己是不是生病了。

當牠起身往上看，看到自己在跳舞男子的院子裡，而男子和他的太太正在跳舞，他們的雙臂搭在彼此身上，音樂從窗戶流瀉出來，隨著草坪來到花園。

一股前所未有的愛意從草叢間竄出，強大的氣流在空氣中流動，好像每個人都沐浴在瀑布下。愛意和音樂是如此濃厚，這對夫妻只能緩慢地移動。

也許這股愛和音樂的感染力，就是小蛇昏昏欲睡的原因吧。

然後那對夫婦緊盯著小蛇看，也看到小蛇正盯著他們看。

「我們要一起走。」太太說完，便把手放在先生的唇上，不讓他開口說話。

小蛇搖了搖頭，因為當小蛇專門來找一人時，不能有其他人跟著。

然而這兩個人類看起來很悲傷。

「你們其中一人所剩的時間不多了，而另外一個卻還有很多時間。」

「我們不在乎，」太太緊盯著蘭莫，由於她對丈夫有著深切的愛，所以她能清楚地看到小蛇。

「我不在乎。你是世上最美麗的蛇，那麼就請你成全這樁美事吧！我們求你行行好，拜託。」

蘭莫嚐了嚐空氣，知道她說的是真的，沒有半句虛假。

「妳寧可現在就走？」牠問她。

「是的，跟我的丈夫一起。我寧可不要待在再也沒有色彩和音樂，也沒有舞蹈的世界。如果沒有他的話，我的世界就會淪為如此。」

那對夫妻看著蘭莫，手牽著手，等待著。

於是小蛇答應帶他們兩人一起離開。但在此之前，蘭莫和他們一起共舞，直到太陽下山，一切隱於黑暗。當北極星高掛天空，牠對兩人點頭致意，大家都坐在草地上，延續陽光的溫暖、愛和舞蹈。

小蛇讓這對夫妻一同面對牠，當他們抬頭望向星空，小蛇張開嘴，露出潔白如骨、像針一樣細小的尖牙……

後來，蘭莫在他們幫牠用草做成的窟窿裡睡著了，因為這是第一個專為牠打造的家。當牠醒來後，牠便快速動身。因為這種事以前從沒發生過，一切的一切都太奇怪了。

蘭莫知道牠得趕快去見瑪麗，問問她這一切是怎麼一回事。

14

小蛇回到瑪麗的城市。

又過了這麼久，比牠感受起來的還要久。已經沒有任何風箏在屋頂上飄揚了，街道上除了瘦黃的小狗在吠，大部分都是一片寂靜。

越來越多富麗堂皇的高塔，陰影投射在這片土地上，附近的房舍許多都已棄置荒廢。看起來像是被巨人的魔掌伸入，並且受到了懲罰。

聰明如小蛇，牠知道這些傷害是來自人類創造的機器和裝置。通常，牠並不怎麼關心這個世界。牠看過許多城市大起大落。然而此時，牠卻趕忙前往瑪麗的家，發現自己內心七上八下，擔心不已。牠希望自己不要這樣，但牠卻不由自主地幻想著自己在她的花園裡逗她笑，哄她開心。牠覺得自己好像失去理智了。愛真是個可怕的東西。

然而，愛卻又能讓戀人們離不開彼此，手牽著手望著星空，直至人生盡頭。這點又很美。愛真是奇怪。

當牠準備去瑪麗家，找到牠之前待的地方時，牠的速度比平常還慢，因為有些事讓牠分心了——牠發現那棟建築物的窗戶沒了，裡頭的人也消失無蹤。

小蛇的小貓朋友也不見了。小公寓裡的房間幾乎全都淨空，花園裡的植物，在沒人澆水和照料的情況下，盡可能地讓自己生長茁壯。玫瑰看起來無精打采的，像是在思念著瑪麗。

瑪麗房間的床還保留著，但卻沒有毯子、被單和枕頭。床上放著她在縫紉課被迫縫製的繡花拖鞋。它們被擺放得整整齊齊，上頭有一張摺好的紙條，寫著：給蘭莫。

蘭莫看得懂世上所有的文字，於是牠打開了紙條，上頭寫道：

親愛的蘭莫：

我們得離開這裡了。其實我們也不太清楚會去哪裡，所以我無法告訴你要去哪裡找我們。即便如此，我還是很希望你能夠找到我們，因為你是我在世上最好的朋友。

媽媽、爸爸、保羅和雪德明天會一起往北走，那邊狀況應該比較好（除了雪德不能用走的，因為牠的小掌無法走那麼遠，所以我們會帶著牠，反正牠也不重——雖然牠離你上次看到牠時已經長大了許多）。

如果可以的話，請你盡可能來看我好嗎？我知道你很忙，但請你盡量吧！

保羅要我跟你問好，也謝謝你給他帶來那些夢。除了對保羅的愛，我把我餘下的愛通通分給你了，還有我也愛媽媽、爸爸和雪德。

你的朋友
瑪麗

小蛇嚐了嚐這封信，即便紙張和墨水都很舊了，還是嚐得出愛的味道。牠閉上眼睛一會兒，回憶自己曾經躺在同一張床，望著好友瑪麗的眼眸的感覺。

小蛇自從在世以來，牠的心已經好幾千、幾萬年都不曾跳動過了，但現在卻第一次感受到自己的心跳，這股心跳聲讓牠迷惑。

牠伸出牠靈巧的小舌頭，以便嚐出瑪麗到底去了哪裡，然後牠帶著悲傷，快速地趕往瑪麗所在的地方。

牠走得太快了，任何人都能看到牠才對，但牠在途中遇到的那些人類每個都擔心受怕，一邊哭一邊發抖，急著趕快找到自己所愛的人，抱著他們，專注而珍惜地看著他們的臉龐，告訴他們重要的事情。

當小蛇駐足時，牠發現自己走在森林裡的一條小徑上。現在已是傍晚，夕陽餘暉照亮了小徑，許多人走過這裡。

路上有許多廢棄的皮箱和空的罐頭，還有一些破舊的鞋子。有人丟了一架鋼琴到小溪裡，沿著溪水前進了好幾哩。鋼琴以奇怪的角度被卡在楊柳樹幹上，當風吹拂，柳枝搖曳，那架鋼琴的琴弦就開始對著樹木彈奏出小小的樂音。

小蛇看到在柳樹枝葉的陰影下，站著一位白髮的年輕女性，眼神透露出勇敢、慈悲和正直。她穿著耐用的靴子和得體的服裝，用細小卻堅韌的縫線精緻地縫製而成。她看起來像是隨時都要準備去旅行和探險一樣。但她看來又不像是經歷了一場愉悅的旅程。女孩看起來又瘦又累，靴子都磨舊了，褲子上都是補丁，襯衫和大衣也破破爛爛的。

然而小蛇幾乎辨認不出瑪麗現在的樣子（雖然眼前的這位年輕女士，想當然耳是牠的朋友）。

牠實在是太高興了，急忙跑向那位女士身邊。

「嗨！瑪麗！」蘭莫快速地穿過草地，坐在瑪麗的肩上，把頭靠在她的臉頰上磨蹭。牠感到自己心跳快速，在自己體內奇怪地跳著。

「啊，蘭莫。」瑪麗本來在攪動著一鍋粥，突然停了下來，開始搔著小蛇的肚子。小蛇沒有抗拒，即便這對於像牠這般尊貴的蛇來說有點沒面子。

瑪麗的逗弄讓牠笑了，牠意識到，自從上次看到牠的朋友瑪麗到現在，牠已經很久都沒有笑過了。

雪德在瑪麗的腳邊歇著，牠現在已經是隻成年貓了。當牠聽到小蛇的聲音，便立刻豎起耳朵，站起來開始蹦蹦跳跳，像是想起自己小時候時常追著蘭莫的尾巴玩。

「我就知道你會找到我，」瑪麗說，「保羅說你無法，但我知道你可以。」

「保羅在哪兒？」蘭莫問，牠很擔心保羅在這一路上沒有善盡協助瑪麗的責任。

瑪麗笑了笑。

「我們剛經過一片種了蘑菇的園地，我請他去採集一些蘑菇回來營地，我從書上讀到，這些蘑菇都是好的，能吃的。我們可以拿一些來風乾，晚點再配飯吃。他很快就回來了。今天該輪到他幫我們在樹上鋪床了。」

「你們睡在樹上？」

「當然啦，我們總是會找高的大樹爬上去，在上面的樹枝紮營，好遠離危險。我睡著時，保羅負責站崗，他睡著時，我幫他站崗，以免我們掉下來傷到自己。雪德不需要看著，因為牠已經很會在樹上睡覺了。事實上，牠還教了我們許多在樹上睡覺的祕訣。牠真的是隻非常聰明的小貓。」

雪德用前腳靠在瑪麗身上，這樣牠才能舔到蘭莫的尾巴，驕傲地喵喵叫。蘭莫也讓牠這麼做，不過當那隻小貓輕輕地咬牠時，蘭莫向牠投以銳利的眼神，說：「我可不是玩具。」

小貓不是很懂牠在說什麼，但牠立刻轉頭去找其他可以吃的東西。人類已經無法供給牠食物，所以牠現在得自己狩獵。

有的時候，小蛇只是靠在瑪麗的肩上，享受著她的陪伴。畢竟牠已經好一會兒沒看到她了。

「時光飛逝啊。」牠說。

「沒錯，都是這樣的。」瑪麗點頭同意，「我們無法讓時間停下來。」

小蛇同時伸出了舌頭，快速地動了動，這樣牠才嚐得出她遠行了多少泥濘又充滿碎石的艱辛旅途，還有她這一路上過得怎麼樣。

當這對好朋友闔上眼睛，心滿意足地休息時，瑪麗問道：「蘭莫，你有看到我爸媽嗎？」

「我去妳家時沒看到他們，妳的信上不是說他們跟妳一起走了嗎？」

「他們是跟我們一起走到了城市邊緣，但他們說太累了，又帶了太多家當。他們很想家，要我們自己繼續往前走，不用管他們。」

走了三天三夜，我們在一座古老的城牆邊紮營，試圖等他們回心轉意，但每當我們要他們跟我們一起走，他們都拒絕了。

當我跟保羅還有雪德第四天醒來時，到處都找不到他們。他們把他們的食物都留下來給我們，還留了張字條，說他們行動太慢了，怕會拖累我們。然後他們還留下了這個……」

瑪麗給蘭莫看她脖子上的一條金鍊子。

「這是我媽媽的，她結婚時就戴這條項鍊。」

接著她停頓了一會兒才再次開口，因為她實在太悲傷了。

「我和保羅還有雪德就是找不到他們，不知他們現在有沒有東西吃？他們怎麼可以這樣做，不跟我一起走，我可是對探險和旅行很在行的。」

蘭莫感覺到牠朋友的眼淚滴到牠的身上，沉重又刺痛，伴隨著一種奇怪的愛。牠的心好痛，心跳在顫抖著。

瑪麗的聲音恢復冷靜，問道：「不過你的工作不就是要跟人們碰面嗎？

當他們的人生走到盡頭，就會遇見你。」她一邊說，手一邊顫抖著。

「嗯，這個嘛……」，小蛇小聲地說：「沒錯，我很遺憾。我從來不會感到遺憾，但我現在卻會這樣。雖然蛇終究只是蛇，但我卻是會這樣的蛇。」

「但你從沒遇到我的爸媽，並且讓他們看到你的尖牙吧？」她的聲音更平靜了。

「我沒有，瑪麗。」小蛇用頭磨蹭了一下瑪麗的臉頰。

「我在妳家裡有看過他們，但他們沒看到我。還不到時候。」

然後瑪麗就沒再講話了，但蘭莫嚐得出來，她其實很想問他：「你知道我爸媽還在不在世上嗎？」

於是小蛇嚐了嚐空氣，看看能不能找到瑪麗的爸媽。牠的舌頭在空中探了很久。要不是瑪麗沒開口，牠可能還會一直找下去。

「蘭莫，你找不到他們，對吧？」

「嗯，找不到。」

「你不是有全世界最靈巧的舌頭，什麼人或什麼東西都找得到嗎？」

「是沒錯。」

「所以要是你找不到他們，那麼他們不就從此消失在這個世界上了，代表人類做了你本來應該做的工作。」

小蛇沒有回答。

「那我寧願不要當人類！」瑪麗邊說邊哭，蘭莫也哭了。

這是牠唯一一次和人類一起哭泣。

15

這對好朋友一起安靜地坐著，保羅帶著蘑菇回來了。他很高興能夠苦中作樂地採集蘑菇，他的口袋塞滿了蘑菇。瑪麗快步跑到他身邊擁抱他，而靠在她肩上的蘭莫也很喜歡這個擁抱。

保羅很訝異能看到這條金光閃閃的小蛇，但他隨後突然笑瞇瞇地問小蛇：「我猜你大概不吃蘑菇或飯吧？我們只有這些給你吃喔。」

他還小小聲地說：「我有盡量好好照顧瑪麗，她也有好好照顧我喔。」然後他握了握蘭莫的尾巴，就像人類互相握手那樣。

蘭莫沒想到他會這麼做，讓牠差點失去平衡。牠發現自己竟然開始頭上尾下地搖擺。

「嗚呼！」

但牠好像很喜歡這種感覺，所以當保羅搔牠癢時，牠開心地跳上跳下。牠猜想，把自己弄得傻傻笨笨的，就能讓瑪麗開心。牠猜得沒錯。

雪德帶著一隻老鼠回來了。雖然小蛇有點忌妒那隻貓有點心吃，其實牠不太需要進食就能存活，吃點心只是牠偶爾享受的活動，因此牠沒有非要分一杯羹不可。

牠倒吊著看著那隻貓咪，說：「天空有好多草喔，地上又紅又藍的，還有夕陽噎。」

雪德把牠的食物放下，用舌頭舔了舔蘭莫，有老鼠的味道。蘭莫又咯咯笑了，但是隨即又擺出一副嚴肅的樣子，像一般的蛇那樣，滑出保羅的手中，優雅緩慢地往上方的樹枝上爬。

隨後，那隻貓吃了那隻老鼠，而人類們則吃了米飯和蘑菇。瑪麗小心翼翼地把火熄了，這樣才不會有煙。他們盡可能爬上最高的樹，在那裡才可能看到大大小小的火團所發出的光，不過這片土地大部分還是一片漆黑，並沒有光線從房舍裡透出來，即便是在遠處。

「你們今晚可以好好睡上一覺了，我來替你們守更，確保你們的安全吧！」蘭莫說。

這意味著瑪麗和保羅可以在樹枝上依偎在一起，而雪德可以在更高、更細的樹枝上蜷縮成一團睡覺。

瑪麗在帳篷裡闔眼睡覺前，蘭莫悄悄地爬到瑪麗身邊，眼中閃爍著智慧的光芒。

「我從沒見過像妳這樣的人類。」

「我也沒認識像你這樣的蛇。」

「這倒是真的。」牠的紅眼閃爍著。

「全世界都不知道我會在夜晚出沒，進行我的任務，但我會一直待在這裡，以後再也沒人會看到我，也沒人會因為我的緣故離開人世，這都是因為妳。」

「你可以這樣做嗎？」瑪麗咕噥道，她因為飽餐一頓而感到舒服，即將進入蘭莫帶來的甜美夢鄉，讓她感到幸福和精神抖擻。

保羅已經睡著了，而蘭莫也送給保羅一個美夢，讓他更加善良體貼，而雪德則夢到自己跳上跳下，吃著數不盡的貓食，追著一隻胖老鼠。

「我不知道我可不可以讓今晚該離世的所有人類都活著。或許他們最終都會在世上活很久，但我不在乎。沒人告訴我在這種情況下要怎麼辦，因為我從沒想過我會有朋友，也不了解什麼是愛……」

蘭莫把牠瘦瘦的胸膛靠在瑪麗的手上。

「我的心在跳動。」

「天哪，」瑪麗邊說邊感受牠那嶄新的小小心臟砰砰跳動的聲音。

「我猜這應該是你第一次像別的蛇那樣有心跳吧？」

「但我跟別的蛇不一樣。」

「當然，你跟牠們不一樣。你是唯一會跟我說話的蛇，也是我唯一的一個蛇朋友。也是我唯一會愛的蛇。」

聽到這句話，小蛇不禁流下了眼淚，但那不是悲傷的眼淚。在此之前，牠並不知道有喜極而泣這種事。

小蛇有點哽咽。但牠努力讓自己的聲音保持鎮定，這樣才不會顯得牠太多愁善感。

「明天妳不要繼續往北走了，走我告訴妳的路吧！妳一定要去寬恕之地，這樣才會安全。長路漫漫，但妳有勇氣和探險家的精神，妳一定到得了！妳得去山嶺後的第一座城市，妳得照我指引的路線走，到門口時要敲敲那戶把百葉窗和大門都漆成藍色的人家。」

「然後一切就沒問題了嗎？」

「應該算是最保險的路了吧。」

「那你會在那裡跟我碰頭嗎？」瑪麗知道蘭莫又要離開了，因為牠開始叮囑瑪麗這趟旅程要注意的事。

「我希望你來。」

「我也希望。」

蘭莫蹭了蹭瑪麗的下巴，就像她還是小女孩那樣。

「晚安，我的朋友。」

「你也晚安，我的朋友。」

「祝你好夢。」

「沒錯，我已經編好美夢了。」

蘭莫在瑪麗的臉頰上輕輕一吻後就不動了。

16

瑪麗真的整晚都夢到她即將踏上的旅程，當她起床時，蘭莫正在伸懶腰，並且搖頭擺腦地做早操，在她頭上的樹枝上對她微笑。

「喔，蘭莫，你還在。」

「沒錯，我今天接下來的時光都會停在妳的肩膀上，確保妳回想起妳的夢境，這樣我就能放心離開去世上其他角落，去忙我對其他人類的任務。」

瑪麗在離這裡不遠的小溪邊用水瓶裝水，保羅則負責生火——他很擅長生火——然後燒水來泡松子茶。接著，他又開始清洗東西，雪德則在一旁看著四濺的水花，還有他不小心踢到石頭的模樣。

而那隻小貓只是不斷熟練地舔舐梳理自己的毛髮。這就是貓咪的洗澡方式。

蘭莫在樹枝間盪來盪去，金黃色的身軀閃閃發光，發出的聲響有如一個小型樂團正要從遠處走進一場派對或婚禮那樣悅耳。

「瑪麗，」當小蛇和瑪麗一同坐在火堆旁時，牠問她：「妳有嫁給保羅嗎？」

瑪麗搖搖頭。

「我們想要結婚，但太多不好的事情接踵而來，我看是不可能了。」

「我能夠替人類證婚。」

「你確定嗎？」這對瑪麗來說有點不可置信。

「這個嘛，連船長都能替各式各樣的人類證婚了，人類真是蠢。所以我看不出來我為何不能替人類證婚，我可是比這些人都還要厲害，而且我是獨一無二的存在，所以我認為我可以幫你們證婚。」

小蛇停頓了一下，試圖露齒而笑，但看來好像很勉強。

牠好像整個人都為之興奮。牠搖搖尾巴，呼喚保羅和雪德過來，然後神色嚴肅地盤踞在他們上方的樹枝上。

「我在此替你們證婚。雪德？」

那隻貓向上盯著蘭莫的紅眼睛瞧。

「你來當證人，用人類喜歡的方式那樣，見證他們倆結為連理。」

「但是我們沒有戒指。」保羅說。他其實沒預料到那天就是他們的大喜之日。

「而且我還得穿上亮麗的禮服，還會有一場美妙的饗宴，伴隨著音樂，還有……」

大家都停下來等瑪麗，但沒人幫她說出她心中想說的話——她其實最希望她的爸媽能在場見證一切。

大家都心知肚明。同樣地，保羅這個在孤兒院長大的孩子，其實也想邀請其他孤兒同伴一起參加，但他完全不知道這些夥伴現在在哪裡。

蘭莫皺了皺眉頭，不耐煩地伸出舌頭在空氣中舔了舔。

「我一點忙也幫不上。我只能用我的權力幫妳證婚，我的力量可是很大的。」

牠故意挺起身來，鼓起喉嚨，像蟒蛇那樣閃閃發光。

「至於禮服嘛……如果有必要，其實結婚時什麼都不穿也是可以的。」

保羅有點退縮。

「這樣可不正常。」他輕聲地說，一邊牽起瑪麗的手，吻了一下。

「不過我們能夠結婚已經很好了……喔，但我們還需要戒指。」

「瑪麗，妳可以拿我一對鱗片，挑妳覺得最美的兩片，拔下來。」

「但那樣不是會傷到你嗎？」

「也許會吧，我不知道。但它們可以當作妳和保羅獨一無二的戒指，因為你們倆也是獨特的人類。」

然後牠閉上眼睛，直到瑪麗真的選了兩片看起來特別小的鱗片，這樣才不會傷到牠。她用盡吃奶的力氣拔下那兩片鱗片。

她捧著鱗片，鱗片是那樣輕薄，比絲綢還輕，然而它們對瑪麗而言卻比心臟還重。鱗片被拔掉的地方冒出一滴血，掉落在瑪麗的手上，像顆閃亮的紅寶石，很快地在瑪麗的肌膚上消失了。

「喔，蘭莫，真抱歉。你一定很痛吧！」瑪麗拔下另一片鱗片，流下的血滴掉落在保羅的額頭上，血滴掉落的附近，保羅有二十一根頭髮變成了閃亮的金黃色，當中還帶著一絲紅色。這片鱗片也是相當輕盈，卻又承載著不可承受之重。

保羅和瑪麗一人拿著一片鱗片。

此時蘭莫睜開了眼，在保羅的臉頰上輕輕一吻。保羅手中的鱗片頓時變成液態，繞在保羅的手指上。這真是只美麗的戒指，像是有著小小鱗片的小蛇一般，纏繞在他的手上。

蘭莫接著又吻了瑪麗。

「喏，我這就把妳給交出去了，雖說妳也不屬於我，但我真的很愛妳也很在意妳。現在妳可要嫁人啦！」

瑪麗手中的鱗片也呈現液態，繞上了她的手指，看起來比保羅手上的戒指更美，活像是小蛇的翻版。

這對新人和他們的貓咪，以及小蛇朋友，跟著小蛇的指引，一同踏上了他們的旅程，就像從前那些美妙的日子一樣，蘭莫停在瑪麗的肩上，一邊吐信一邊自顧自地哼著歌，偶爾嘆幾口氣，因為牠知道這種舒服的日子不會太久了。

當這些人類卸下行囊與裝備，並且燃起火堆時，蘭莫對他們說：「現在，我必須離開你們了，不過這些戒指會讓你們的敵人分心，如果你們有遇到敵人的話。他們的眼光會被黃金給吸引，然後他們會感到非常睏倦，暈頭轉向，你們就可以趁他們還沒恢復過來，立刻逃跑，跑得遠遠的。」

小蛇搔了搔雪德的耳朵，那隻貓咪伸了個懶腰，回想起自己住在家裡，什麼也不用做，吃飽就睡，還能玩遊戲的日子。

瑪麗和保羅看著雪德這麼開心，也覺得這畫面很可愛。

當他們抬起頭時，小蛇已經離開了。

「唉。」瑪麗流下了一滴眼淚。淚珠掉到她的戒指上，變成一顆鑽石。接著另一滴淚珠落下，成為了另一顆鑽石。

這些鑽石就像鑲嵌在小金蛇身上的眼睛一樣。

它們能讓蘭莫了解到，愛像寶石一樣珍貴，能幫助我們看見一切。愛並不可怕，雖然它可能很難懂。

然而蘭莫卻無緣見到這一切。

17

才剛有了心跳的蘭莫，返回了牠的工作崗位，上山下海，見了木匠、直升機機長、吉他手、泳者，以及那些因為喜歡冒險，或是因為無家可歸而在各地徘徊的人類。牠也見了許多喜歡划槳或爬樹的人類，還有那些找不到任何人事物來愛的人類。

這些人類讓牠的心跳變慢，並且在胸膛中越變越沉重，讓牠感到困擾。

每天早晨，牠都會用牠那神奇的舌頭舔舔空氣，嚐嚐看瑪麗在哪裡，以及她是否快樂。

每天晚上，牠都會送給她好玩和滑稽的夢境，讓她夢到自己的夢想實現，與老虎一同游泳，躺在沙灘上一同享受陽光。

牠也送給保羅許多美夢。在夢中，保羅化身為知名的足球員，或是一隻美麗的長頸鹿，又或是一棵停滿鸚鵡的樹（蘭莫可以嚐得出保羅熱愛足球、長頸鹿和鸚鵡）。

然後小蛇會送給雪德有關老鼠、餅乾和搔癢的小小美夢（貓咪的夢境一定得編得短一點，因為牠們的睡眠時間很短）。

蘭莫也透過夢境確保他們明天早上起來會記得該往哪裡走。

當牠周遊人類所創造出來的各個國家時，牠知道人類正做著牠本該做的工作。

這個現象對小蛇來說很奇怪，世上竟有這麼多人類用這麼多愚笨的機器，還找這麼多愚蠢的藉口和方法來剝奪彼此的生命，但他們無論如何終究會離開這個世界。

他們應該去放風箏才對，小蛇是這麼想的。

他們應該和貓咪玩耍，吃吃冰淇淋，烤烤麵包，一起跳舞，一起歌唱，互許終身，也許生個聰明懂事的孩子，不然就是領養無依無靠的孤兒。

但牠知道自己無法讓人類改變他們的自由意志，只有人類能夠改變自己，因此牠必須讓他們經歷迷失，然後自行尋找出路。

18

瑪麗和保羅可沒有迷路。從他們離家這幾個月以來，他們都跟著蘭莫每晚指示的夢中地圖走。他們走的路很奇怪，彎彎曲曲的，沒有任何直線，完全不像人類會走的路。

這是因為蛇從不會像人類那樣移動，也不相信直走的路線，牠們覺得這麼走路很不自然。

某些日子，小徑變得泥濘，而這三位勇敢的朋友整天跋涉下來非常口渴，小蛇總是會確保他們在日落前能找到一條小溪或是水池什麼的，好讓他們能有水喝，有樹可爬，或是有地方可以歇腳。

他們會再次把水壺裝滿水，滿心歡喜地洗洗臉。這幾個旅人爬上高高的樹，下面積著厚厚的雪堆，但這難不倒他們，因為瑪麗帶上了保暖的衣物，小蛇也會指引他們到安靜的懸崖角落，讓他們可以互相依偎在一起，還能找到一些枯葉和樹枝，這樣保羅就能生火讓大家取暖。

除此之外，小蛇還確保他們離其他人類遠遠的，因為此時世上的其他人類都異常傷心、憤怒或是急於想要自保。

這三位好朋友無法避開其他人類時，他們的戒指則會在他們行進中保護他們的安全。

沒有其他人類相伴，意味著瑪麗和保羅會很孤單，但事實上他們卻感到相當滿足。

他們和雪德一同玩耍，當牠疲累時輪流抱著牠前進。

他們跋山越嶺，吹著口哨，當有人感到精疲力盡或是悲傷時，另一個人就會幫忙加油打氣，所以他們倆就不會同時感到疲累和悲傷。

某天傍晚，當他們在一個緩坡上休息時，看到了美麗的日落。他們已經克服最困難的部分，攀過最高的山峰，現在要開始下坡了，下坡的路比較好走。

他們往下看著廣大且平靜的城市，那裡的風箏隨著微風搖曳，這些風箏可能有上千只吧，在被染紅的夕陽餘暉下搖曳閃耀著。

蘭莫認得出這些風箏，而你如果記得的話，牠曾和瑪麗說，要停在山頭後的第一個城市。

他們吃了些從未見過的甜野莓，也煮了小蛇在夢中跟他們說可以煮來吃的大型根莖類植物來吃，並且挖東西來烤著吃。

他們已經好幾個月都沒吃這麼飽了，這讓他們有些昏昏欲睡（蘭莫早就料到會這樣）。

在遙遠的東方，有一座高大瀑布，一道光線灑落，產生了彩虹，沒有人看到這座彩虹時不會面露微笑（蘭莫也預料到了，因此牠停下牠的工作，露出牠獨有的微笑，然後咯咯地笑了出來）。

瑪麗靠著保羅笑了，保羅也笑了，雪德則蜷縮在瑪麗的腿上發出舒服的呼嚕聲，這就是貓咪笑的方式。

小鳥也在啁啾唱著歌，這裡沒有槍聲，甚至遠方也沒有著火的房舍和行軍的軍隊，也看不見絕望的人們了無生氣地列隊走著。

這裡只有一片祥和，剎時間，瑪麗和保羅的腦中突然想起，其實他們已經結婚了，而且深愛著對方。於是他們手牽手唱起歌來。

你是有著落日餘暉的夜晚
你是沒有浪花的海洋
你是高歌的鳥兒
你是沒有爪子的獅子
你是屬於我的驕傲

你是屬於我的榮耀
你是屬於我的生命
我的朋友，我的愛，專屬於我

然後他們進入了夢鄉。

隔天早上，他們一同走下山坡，雪德尾隨在後。這隻貓咪現在已經長得又大又強壯、毛色也黑得發亮，看起來威風凜凜。

瑪麗的二十一根白髮在晨光下閃閃發亮，即便她跟保羅衣衫襤褸，看起來還是相當神采奕奕，精神抖擻。

即便他們並不知道，他們幾天前已經經過了那片名叫寬恕之地的土地邊境，蘭莫曾說過那裡對人類來說是再安全不過的國家。

當他們快走到山腳下時，他們選擇了一條平穩好走的路，這條路通往一座被巨大城牆包圍的城市。

繼續往下走，他們第一次在小蛇指引的路上遇到許多人類，還有許多賣著用葉子包著米飯和肉的攤販。

起初這些人的眼光讓他們感到緊張和難為情，因為他們知道自己看起來又髒又狼狽（雪德看起來還是很乾淨，因為貓咪向來如此）。

然而這些人卻對他們點頭微笑，還有人用他們聽不懂的語言來歡迎他們，語調聽起來是友善的。

一位賣著紅色水果的女士看到瑪麗和保羅這麼疲倦，便伸手遞水果給他們。他們的盤纏已經用盡了，所以他們對那位女士搖了搖頭，雖然那些水果看起來很好吃。

但是那位女士卻笑了出來，一邊點頭一邊將水果塞到瑪麗手中，也塞了一個到保羅手中，並且笑著揮手要他們繼續往前走。瑪麗和她的丈夫立刻紅了眼眶，對這位女士表達感激。

接著，當他們繼續前行，他們邊吃著水果，享受著柔軟飽滿的果肉，吃起來有點像是陽光，又有點像是葡萄。

在未來的日子裡，他們將會永遠記得這些果實的味道——後來他們才知道這種水果叫做「巴曼達魯」。他們後來從一個名叫「廣北門」的城門進到一個叫做「帕拉卡隆」的城市。

這裡或許不是世上最美麗的城市，但已經相當不錯了。他們走在一道道樹叢和房舍的影子下，那些房舍大多四層樓高，有著明亮百葉窗和門戶，還有小型的院子和方正的噴水池。瑪麗可以聽到窗戶裡傳來歌聲，而他們頭上有許多紅色風箏飄揚在天際。

蘭莫在夢裡告訴他們進城後要選左邊的路，然後再左轉，然後過了麵包店後再走右邊的小路。在小路的盡頭有一排矮房，還有小小的花園，那裡有一棟藍色窗戶和藍色大門的小屋，門前站著一位正在摘花，準備布置餐桌的女士，當她看到瑪麗和保羅時，她的臉色一變，採好的花也掉到腳邊。

「喔，我這幾個月都夢到你們兩個到我的門前來，我就知道你們會來，我就知道你們會活著。進來吧！」那位女士說。

她也從夢境中得知她該用瑪麗和保羅的語言來和他們溝通，她吃力地說著，講得很慢，不過瑪麗和保羅還是聽得懂她在說什麼。

「真的，進來吧。吃早餐。」

一切看來都很奇怪，但又如此美妙，讓這兩位人類愣了半餉，一動也不動。然而雪德可是馬上進到房子裡躺在客廳地板上曬太陽，就像牠對這間房子很熟一樣。牠是隻很聰明的貓。

你或許也猜到了，這位女士就是希金博特姆奶奶那位善良的女兒。她名叫朵拉，現在是靠做首飾維生，而她的工作室就在這棟房子後面。

她用蘭莫帶給她的珠寶和金屬來打造珍貴的首飾，現在她則是繼續幫忙需要幫助的人。

她的丈夫彼得有時候忙著伐木，其餘時候則忙著看顧他們的雙胞胎女兒。他對於做首飾不在行，但他是個不錯的人。

蘭莫把瑪麗和保羅送到他們派得上用場，又能快樂生活的地方。朵拉正在構思她的新戒指該怎麼做，當她看到瑪麗和保羅手上的戒指，她就立刻知道要做小蛇造型的戒指。瑪麗和保羅也一同邊做邊學。

最後，瑪麗和保羅成為了非常出色的珠寶匠，也學會了新家的語言。雖然人類的戒指並不如小蛇送給他們的那般優雅和精緻，但他們還是相當投入這份工作。

瑪麗還自創出像她母親很久之前送她的那條項鍊。

19

在此之後，和所有大人一樣，瑪麗開始忙於她美好而充實的生活。她和保羅沒有孩子，這讓他們有點傷心，因為他們很想生個小男孩，幫他取名為蘭莫，並且教他爬樹。

但有的時候，無論我們怎麼渴望，我們想要的事情也不會發生。

儘管如此，瑪麗和保羅還是像朵拉和彼得的女兒們的阿姨和姨丈一樣，在某種程度上，他們成了一個快樂的大家庭，一起出遊，參加節日活動，也一起唱歌和跳舞。

他們在屋頂上放著一只紅色的風箏，瑪麗認為這是在表明：住在裡面的人經歷了一段偉大的旅程，活了下來，並且好好地活著。

每天傍晚，風箏們飛舞著互相鞠躬，用它們的語言說：「好耶！我們活著！好開心！」

在這樣的忙碌生活中，瑪麗並沒有忘記小蛇，但有時她沒有那麼常想起牠。而且自從結婚之後，她再也沒見過牠。瑪麗開始認為小蛇不會再來看她了。

每天晚上，牠向她發送美麗的夢，有時她會在夢裡聽到牠咯咯笑或是吹牛的聲音，但當她醒來時，牠並沒有出現在她的枕頭上，也沒有用舌頭舔舐她的耳朵。

然而日子還是一天一天地過去。

有一天，瑪麗在帕拉卡隆的花園散步，花園裡有玫瑰花叢，樹下還有一張椅子。這時候已經看不出她的二十一根白髮了，因為她的頭髮都是白的。

她站著看風箏在蔚藍的天空中自由地飛翔，心裡想著：當你愛著一個東西時，並不意味著可以擁有它。

她很喜歡雪德，但隨著時間的流逝，牠離開了這個世界。她留不住牠。

她非常愛保羅，但隨著時間的流逝，他也離開了這個世界。她留不住他。

自從朵拉的孩子們搬走以來，瑪麗成為這棟藍色房子裡唯一的人。她深愛的小蛇一定來過很多次，但她沒有看見牠，也沒有聽到牠的聲音。因為光是愛，並不會讓牠在她想要的時候出現。瑪麗很傷心，即使她知道自己和雪德、保羅、朵拉和彼得都過著長久而美好，幸運又精彩的一生。

儘管如此，當她感覺到腳踝發癢時，這些想法還是讓她有點難過，她低頭一看，發現了一絲金光和兩隻閃爍的紅眼。

「瑪麗，妳變了。」

「我已經老了，蘭莫。」她微笑地看著蛇往上爬，直到牠好好地坐在她的手掌裡，一如往常地英俊和驕傲，因為蛇的樣貌從來不會改變。

「時光都流逝了。」

「好吧……」蛇擺動著牠的舌頭。「我不太想離開這麼久。」然後牠迅速爬上去坐在她的肩膀上，在她耳邊小聲說：「看到妳我真高興。」

牠看著瑪麗的戒指上兩顆閃閃發光的小鑽石——那些曾經是眼淚的鑽石——它們對蘭莫訴說了太多關於愛的事情，以至於牠屏住了呼吸。

看到蘭莫，讓瑪麗覺得自己彷彿又回到了小時候，很快就到上學的時間，不知怎麼的，她會走進某個房間，她的父母會坐在擺設好的桌子上準備吃晚餐。

「我也很高興見到你。」她轉頭親了親牠那優雅的金色腦袋——這是其他人都不被允許做的。

「你好。謝謝你。」

「哦，我真的什麼也沒做。」要不是因為蛇不會臉紅，不然牠現在早就脹紅了臉。牠讓鱗片沙沙作響，聽起來就像遙遠美麗海岸上的波浪。

「幾乎沒有做什麼。」

「你救了我的命。還有保羅和雪德的命。」接下來是一陣停頓，一片靜默，像熔化的金子、日落，又像熔爐一樣閃閃發光。感覺就像鑽石。

「我從不拯救生命。」小蛇再次用牠最溫柔的嗓音對瑪麗說。這是牠嚐過最悲傷的一句話了。

「你錯了，」瑪麗搖搖頭微笑說：「你救了我們。」

然後她走到樹下坐著，從那裡可以清楚看到多年前她與保羅和雪德，為了尋求平和而翻越的山脈。

小蛇親吻了她的臉頰，嘆了口氣。

「啊，瑪麗。妳是我最好的朋友。妳是我全世界唯一的朋友。」

此時，這對好友相視點頭，不發一語。

接著蛇再度親吻了她，一次親了她的額頭，一次親了她的手，牠的牙齒輕輕地劃過她，然後滑入草叢，像一道靜止的閃電般躺著。

「我一直想做一個有你一半漂亮的手鐲，會閃閃發光的那種。」瑪麗告訴牠。

小蛇眨了眨眼並抬起頭，瑪麗可以到看到牠在哭，什麼也說不出來。

「但我想我已經沒時間去做了。」她說。

這條她稱之為蘭莫的蛇在草地上等著她來與牠碰面。但當她站起來跨出一步時，牠喊道：「不。不，瑪麗。妳要記住，當妳邁出很小的一步時，花園就會變得更大。拜託妳只能跨出最小的步伐。」

但是後來她又邁出另一步，牠喊道：「不！不，瑪麗。妳必須跨得更小步一點。」

但是接著她又邁出另一步，牠喊道：「不！不，瑪麗。妳要記住，如果妳不再踏出任何一步，那麼花園就會永無止境地延伸，永遠不會結束，任何事都不會結束，永遠不會結束。拜託妳了。」那是蛇第一次說拜託。

「求求妳了。」

這是第二次。

「求求妳。」

那是蛇最後一次說拜託。

接下來發生了什麼，我不能告訴你。沒有人能逼我說。

所以這幾乎是，但又不完全是，關於一條小蛇如何學會讓心跳動的故事。

這幾乎是，但又不完全是，關於一個了不起的聰明小女孩和她稱之為蘭莫的朋友的故事。這幾乎是，但又不完全是，關於美妙、可怕又奇怪事物的故事。

直到今天，瑪麗和蘭莫可能還在花園裡等待著。

我知道他們倆一定會喜歡這麼做的。

圖書館出版品預行編目(CIP)資料

小金蛇 / A.L.肯尼迪(A.L. Kennedy)著 ; 陳圓君譯. -- 初版. --
臺北市 : 商周出版 :
家庭傳媒城邦分公司發行, 民109.03
160面; 13.4 x 19.7公分. -- (莫若以明 ; 20)
譯自 : The little snake
ISBN 978-986-477-797-6 (精裝)

873.57　　109001534

莫若以明書房 20

小金蛇

The Little Snake

作　　者／A・L・肯尼迪（A.L. Kennedy）
譯　　者／陳圓君
責任編輯／韋孟岑
版　　權／黃淑敏、翁靜如、邱珮芸
行銷業務／莊英傑、黃崇華、張媖茜
總 編 輯／何宜珍
總 經 理／彭之琬
事業群總經理／黃淑貞
發 行 人／何飛鵬
法律顧問／元禾法律事務所 王子文律師
出　　版／商周出版
臺北市中山區民生東路二段141號9樓
電話：(02) 2500-7008　傳真：(02) 2500-7759　E-mail：bwp.service@cite.com.tw
發　　行／英屬蓋曼群島商家庭傳媒股份有限公司城邦分公司
臺北市中山區民生東路二段141號2樓
讀者服務專線：0800-020-299　24小時傳真服務：(02)2517-0999
讀者服務信箱E-mail：cs@cite.com.tw
劃撥帳號：19863813　戶名：書虫股份有限公司　E-mail：service@readingclub.com.tw
書虫股份有限公司客服專線：(02)2500-7718；2500-7719
服務時間：週一至週五上午09:30-12:00；下午13:30-17:00
24小時傳真專線：(02)2500-1990；2500-1991
香港發行所／城邦(香港)出版集團有限公司
香港 灣仔 駱克道193號東超商業中心1樓　E-mail：hkcite@biznetvigator.com
電話：(852) 2508-6231　傳真：(852) 2578-9337
馬新發行所／城邦(馬新)出版集團【Cité (M) Sdn. Bhd】
41, Jalan Radin Anum, Bandar Baru Sri Petaling, 57000 Kuala Lumpur, Malaysia.
電話：(603)90578822　傳真：(603)90576622　E-mail：cite@cite.com.my

封面設計／Copy　內頁設計編排／蔡惠如
印　　刷／卡樂彩色製版印刷有限公司
經 銷 商／聯合發行股份有限公司　電話：(02)2917-8022　傳真：(02)2911-0053

2020年（民109）3月05日初版
定價320元　Printed in Taiwan

ISBN 978-986-477-797-6

城邦讀書花園
www.cite.com.tw